長編超《スーパー》伝奇小説
ドクター・メフィスト

菊《きく》地《ち》秀《ひで》行《ゆき》

妖《よう》獣《じゅう》師《し》ミダイ

NON NOVEL

祥伝社

目次

カバー&本文イラスト／末弥　純
装幀／かとうみつひこ

一九八X年九月十三日金曜日、午前三時ちょうど――。マグニチュード八・五を超《こ》す直下型の巨大地震が新宿区を襲った。死者の数、四万五〇〇〇。街は瓦礫《がれき》と化し、新宿は壊滅《かいめつ》。そして、区の外縁には幅二〇メートル、深さ五十数キロに達する奇怪な〈亀裂〉が生じた。新宿区以外には微震さえ感じさせなかったこの地震は、後に〈魔震《デビル・クエイク》〉と名付けられる。

以後、〈亀裂〉によって〈区外〉と隔絶《かくぜつ》された〈新宿〉は急速な復興を遂《と》げるが、その街を産み出したものが〈魔震〉ならば、産み落とされた〈新宿〉はかつての新宿であるはずがなかった。早稲田《わせだ》、西新宿、四谷《よつや》、その三カ所だけに設《もう》けられたゲートからしか出入りが許されぬ悪鬼妖物がひしめく魔境――人は、それを〈魔界都市〝新宿〟〉と呼ぶ。

そして、この街は、聖と邪を超越した美しい医師によって、生と死の物語を紡《つむ》ぎつづけていく。死者すら甦《よみがえ》らせると言われる〈魔界医師〉――ドクター・メフィストを語り手に。

第一章　テロの時間

1

〈新宿〉にも普通の風は吹く。

冬は木枯《こが》らし。

大通りを渡り、路地を辿《たど》り、あるものは〈亀裂《きれつ》〉へ、あるものは消え、あるものは〈ゲート〉を〈区外〉へと渡る。

今夜の風は逆であった。

〈四谷《よつや》ゲート〉を〈区外〉から。往来する車と人の足元を凍《い》てつかせながら、忍び笑いのように〈魔界都市〉へと。

車も人もひどく少ない厳冬《げんとう》の晩であった。

カーキ色の軍装《アーミー・ルック》に身を固めた男がひとり、〈四谷ゲート〉を渡って、〈新宿〉に入った。

ゲートの端《はし》に立ち、英軍空挺《くうてい》部隊のベレー帽を乗せた頭を、ゆっくりと右から左へ、さらに左から右へと動かして、うなずいた。

石を思わせるいかつい顔の中の眼も鼻も口も、すべて〝野望〟という名のマグマに溶けていた。

すぐに米軍グリーン・ベレーの防寒コートの襟元《えりもと》を押さえ、彼はふり向いた。

誰もいない。かたわらを一台の乗用車が〈区外〉へと走り去って行った。

「おれの名はガルテン・ヨーレンだ」

と男は言った。アラビア語であった。

「父はバグダッドの盗賊で、おれが四つのときにアラビア軍の一個師団とひとりで戦い、敵は殲滅《せんめつ》させたが、自分も斃《たお》れた。母はソマリアの妖術使いで、五年前、おれを〝マチルダ〟に入れて亡《な》くなった。よく聞け、〈魔界都市〉。母の術は地獄の魔物を喚《よ》び出すためのものだった。父が一個師団を片づけられたのも、そいつらのおかげだ。そして、中でも最強の三匹を選んで連れて来た。目的は、〈新宿〉の妖物を〈区外〉で一斉《いっせい》に解放し、腐り切った大国支配に終止符を打つことだ。そのためには妖物を自在に操《あやつ》る人間が要《い》る。おれはそいつを捜し、〈区外〉へと同行させるためにやって来た。邪魔が多いのはわかっている。だが、母からおれの体内に伝わったアラブの魔法の血、古代ピラミッドが夢物語にすぎなかった時代から育《はぐく》まれた妖界の技《わざ》が生み出した我が妖物どもも手《て》強《ごわ》いぞ。ひとりでも見破れるか、〈魔界都市〉よ、おまえを象徴するような者どもが、我が使命を妨《さまた》げんとすることを、おれは願っておる。それこそ、世界の前に滅《ほろ》び去るか、〈魔界都市 〝新宿〟〉よ」

　長い長い独言《どくげん》は、宣戦布告と挑発をもって終わった。

　男――ガルテン・ヨーレンは、死体も運べそうなバック・パックをひと揺すりしてから歩き出した。

　その足の下で、大地が揺れた。

　彼は足を止め、

「これが〈魔震〉か」

　とつぶやいた。

　遠くで鳥の鳴き声が魔天への怨《うら》みのごとく、湧き上がった。

「ほう、怒っているか〈魔界都市〉、我が宣言に牙《きば》を剝《む》くか。面白い。逃げもせん、隠れもせん。おれはガルテン・ヨーレン。天地に只《ただ》ひとりのテロリストだ。苛《さいな》みたければ刺客《しかく》を廻《まわ》せ。いつでも相手になってやろう」

　そして、なおも小刻《こきざ》みな震動を靴底と世界に伝える大地を、固く固く踏みしめつつ、彼は〈新宿〉の中心へと歩き出した。

　その高校生が軽く会釈《えしゃく》して過《す》ぎると、受付の女性介護士は、胸があたたまる気がした。邪気というものと無縁に育てられた、それでいて、来るなら来いと言いそうなたくましい顔の持ち主は、患者たちの集《つど》うホールを抜けて、「心療内科」棟へ入るとすぐ、エレベーターに乗った。

　目的地の八号室には白い花と香りが待っていた。

「金曜日の贈り物――水垣《みずがき》真吾《しんご》です」

ドアを閉じると、ベッドに上体を起こした神城《じんじょう》寺《じ》みだいも笑顔を送って来た。

〈新宿高校〉二年の彼女は進級と同時に発症した鬱《うつ》と妄想《もうそう》が昂《こう》じて、ひと月前から入院中であった。

「具合どう？」

土産《みやげ》のショートケーキの箱をテーブルに置いて、真吾は最もオーソドックスな質問を放《はな》った。

「変わらず、ね。鬱が治らなくて」

笑顔も声も明るいが、底の暗鬱さは隠せない。真吾にもその理由はわかっていた。

「でもさ、ただの鬱と妄想の治療がこんなに長びくかなあ。ここメフィスト病院だぜ」

死者でも蘇《よみがえ》ると評判の白い院長の手練《しゅれん》が、一高校生の平凡な病《やま》いにひと月近くも奮戦中とは思えない。

「これって――別の病気かなあ」

真吾がずっと隠していた疑問を、みだいが言ってしまった。

「かも知れない。でも、大丈夫さ。院長はドクター・メフィストだぜ」

それだけで、みだいは納得した。〈新宿〉の不幸の特効薬は、二人の魔人の名前――秋《あき》せつらとドクター・メフィストだ。

「ドクターの回診は済んだのかい？」

「ええ。すぐ治るって」

「なら大丈夫さ。ドクター・メフィストは嘘《うそ》つかない。〈新宿〉の鉄則だろ」

「そうだね」

笑顔になったみだいを、彼の眼が優しく見つめる。恋人の眼は別のものも備《そな》えている。嘘を見抜く力を。

「みだいさあ」

「ん？」

「気になることがあるなら聞くよ」

「わっ」

「何だい？」

「うん」

娘は視線を膝《ひざ》に落として、少し考えた。すぐに戻すと、右手で左の肩を叩《たた》いた。

「何、それ？」

「いないの」

「は？」

「前は――ここへ入る前は、背中に何かいたんだ。それがいなくなっちゃった」

「なくなったのか？　いなくなったのか？　ちょっと違うぜ」

みだいは、うーん、と考えこんだ。二人だけの時間が流れていく。その難しい顔を見るのも楽しい。首を傾《かし》げたその姿を見るのも楽しい。

「よくわからない。どっちなんだ？」

少し脅《おど》かしてみようか。意地悪の小鬼が真吾に取り憑《つ》いた。

「みだいよ、それじゃ妖物だぞ」

「やだ――やめてよ」

「だってさ、生きものか、ただの物かもわからないんだろ？　なら妖物しかねえじゃん」

「やだ。なんでそんなこと言うのよ。帰れ、バカ」

涙ぐんでいる。真吾の背に冷たいものが走ったが、うまく隠して、

「悪《わ》りィ悪りィ。はい、冗談でした」

「うるさい」

そっぽを向かれてしまった。危《やば》いと思ったとき、ドアが叩かれた。

「はい」

と入って来たのは、級友《クラスメイト》の寒地志麻《かんじしま》だった。気が弱く、不良っぽい連中の虐《いじ》めの対象だ。みだいの親友だから、真吾も何とかしようと言ってみたが、みだいに大丈夫よと止められて、それっきりだ。

真吾に薄く笑いかけると、すぐ眼を逸《そ》らして、

「具合どう？」

と訊《き》いた。

「変化なし」

「メフィスト先生でも治せないんだね」

「そんなこたねえよ」

真吾は、わざと荒っぽく言った。助けようとは思ったものの、この陰気さはどうにも肌が合わない。

「絶対、何か考えてる。あの先生に治せない病気なんて聞いたこともねえや」

「だと良いけどなあ」

志麻はうつむいて言った。この娘《こ》が虐められる原因はこれだと真吾は理解していた。それでも腹は立ったが抑《おさ》えて、

「ケーキ食おうや」

「そだね」

真吾は冷蔵庫の上の皿を三枚選んでケーキを載《の》せ、二人に配った。

「志麻、どう学校は？」

みだいが笑顔を向けた。

「普通だよ。何もない。学校なんてあんなもんでしょ」

「そう言っちまやな」

真吾が棘《とげ》で刺した。志麻の表情がぴくりと動いたが、何も言わなかった。

少しの間、黙々《もくもく》とケーキを突き崩《くず》しては口に入れ、半分ほど片づけたところで、志麻は、

「あ」

と眼だけ上げた。

「どしたの？」

「昨日の午後、学校の門のところに、おかしな男の人が立ってて、うちのクラス見てた」

「本当かよ？　おれは見なかったぜ」

「あたしは窓側の席だから。君、違うでしょ」

「ああ、違うよ」

真吾は歯を剝いた。辛気《しんき》くさい正論というのは、実に腹が立つ。

「どんな人？」

みだいが割って入った。

「映画で見た兵隊さんみたいな服装してた。中近東だと思う。鼻から下は髭《ひげ》だらけだったよ」

「ホームレスじゃない？　警備の人いたでしょ？」

「うん。何か言ったらすぐにいなくなっちゃった。でも、凄《すご》い眼してたよ。睨《にら》みつけるみたいな、そのくせ笑ってるの」

「へえ」

「おまえを見て笑ったんじゃねえのか？」

真吾は嫌《いや》みったらしく言った。

「——何でよ？」

これも下を向きっ放しの怒りの声である。

「さあね」

本当は、おまえみたいな陰気ブスが珍しいからだよ、と言うつもりだったのだが、みだいが激しく首をふって、よせと送ったのだ。

志麻が何か言った。

「え、何？」

とみだいが訊いた。

「何でもない」

首を横にふる志麻を横目で見ながら、真吾は何となく薄気味悪いものを感じた。

——こいつ、本気《マジ》でやりそう
チラ、と俯《うつむ》きっ放しの志麻を見た。

また、覚えてろ、と言うような気がしたのである。それを変えるつもりで、

「ただの変態じゃねえの」

「そだよね」

とみだい。

「そうかなあ」

また来やがった。

「よさねえか」

「あたしにはわかる」

と志麻は続けた。

「あれは、みだいに眼をつけてたのよ。視線から行くと、あたしの二つ後ろで、隣りの列——みだいの席でしょ？」

ついに真吾も切れた。

「てめえ、病人相手に何てこと言いやがる」

「それで、笑ってたの」

「やだア」

みだいはわざと大きな声を出した。二人の仲を何とかしなくてはならない。

「もうよそ。そんな話。ケーキ食べちゃおうよ」

「そうだ」

真吾はすぐに乗ったが、志麻は俯いたきりだった。

「ね、志麻」

みだいが明るく話しかけると、ひょいと立ち上がって、

「あたし先に帰る。早く元気になって」

ようやく笑顔を向けて、さっさと出て行ってしまった。

「なんだよ、あの陰気女」

呆《あき》れ返る真吾へ、

「いつもああだけど、今日は何かおかしいね」

とみだいも認めた。

「その――ホームレスのせいじゃない？」

「かもな。あいつの知り合いだったりして」

「まさか」

二人は笑い合って、奇妙な訪問者の件は忘れた。

そうはいかない人物がひとりいた。

志麻は暗い顔で病院のロビーをドアへと向かった。そこへ、新しい訪問者がドアを抜けて来た。

カーキ色の防寒コートをまとった、太い骨が自慢そうな男であった。彼はグリーン・ベレーの防寒コートから、ダーク・グリーンのサングラスを取り出してかけると、足早に受付へと進んで、ドクター・メフィストに会いたいと告げた。

2

「お断わりする」

にべもないメフィストの返事であった。

「何故《なぜ》でしょう?」

「当院の患者は、このメフィストが責任を持って預かっている。完治しない者をたとえ両親、夫の腕といえど、託すわけにはいかん。ましてや君は、単なる米軍の代表に過ぎん」

「ですが、院長、極《きわ》めて大きな問題が、そのご返事の背後で手ぐすね引いているのです。世界の運命に関わるような」

「それこそこの娘ではなく、君たち米軍――平和を司《つかさど》る勇士たちの仕事だろう」

「この街には、我が米軍の軍事力を丸ごと直径一センチのボールに込めるなど平気でこなす者がいる。それも山ほどです。その中から選ばれた以上、彼女しか解決できない問題だとお考え下さい」

「私は世界より患者のほうが大切だ」

それこそにべもなくメフィストは宣言した。

男は溜息《ためいき》をついて、

「そう仰《おつしや》るだろうとは思っていました。しかし、そうですかと引き下がるわけにも参りません。せめて会わせていただきたい」

「それもお断わりしよう。君はこの部屋に入って来たときから、ある人物たちに共通の臭《にお》いを放っていた。患者にとって良からぬ者たちの臭いをね。ミスター・ガルテン・ヨーレン――米軍とは縁もゆかりもないテロリスト」

「ほお、どうしてご存知か?」

さしてあわてた風《ふう》もなく訊いた。

「この病院へ入った瞬間、君のあらゆる肉体的データは、スーパー・コンピュータと私のもとへ届けられる。眼の色からDNAの組成までな。私の脳とコンピュータには、当然のごとく、世界を股《また》にかける無差別テロリストの名前がすべて入っている」

「こいつは参った」

ガルテン・ヨーレンは両手を上げた。

「これが〈魔界医師〉の実力か。それとも誰でもこうなのか」

「さてな」

メフィストは微笑した。それを見て当然生まれる感情とはまったく異なるものが、ヨーレンの身体《からだ》を内側から凍らせた。

「君の目的が何であるかは問わん。だが、何であるにせよ、私の患者に対して尋常《じんじょう》ならざる行為に及ぼうとすれば」

ヨーレンの瞳に映る白い姿が、不意にかがやきを増した。

美しさは怖《こわ》い。

彼の人生には無縁の考えが、DNAに灼《や》きついた。そして、一生抜け落ちることはないのだった。

「君の生命と――魂《たましい》に関わる」

とメフィストは続けた。

「魂は煉獄《れんごく》の炎で焼かれる。試してみるかね？」

ヨーレンは少し間《ま》を置いて立ち上がった。すぐには無理だったのである。

「失礼しました」

一礼してドアへと向かう背中に、

「病院と私に対しても、だ」

病院を出て、ヨーレンは〈歌舞伎町《かぶきちょう》〉方面へと歩きながら、バッグに手を置いた。

「まだ怯《おび》えてやがる」

低く洩《も》らした。責める口調ではなかった。あの相手では、と彼自身が納得したのである。「噂《うわさ》には聞いていたが、ドクター・メフィスト――あれほどの化物とはな。こいつは、おれひとりの手にゃ負えん」

おお、このテロリストは、なおも闘《や》る気なのだ。別の手段を使ってドクター・メフィストに挑《いど》もうというのだ。

〈風林《ふうりん》会館〉前の通りを渡ろうとしたとき、バッグから動きが伝わって来た。

『敵アリ』

彼は無言で〈旧区役所通り〉を〈職安通り〉へと向かった。

左手にバッティング・センターが見えて来る。昇り切ったところを左へ折れた。

陽《ひ》はまだ高い。蒼穹《そうきゅう》に白い雲が浮いている。〈新宿〉と思わずに見れば、何処《どこ》にでもある平凡で平和な光景だ。学生らしい若者やビデオ・カメラを提《さ》げた観光客の一団、スーツにネクタイ、アタッシェ・ケースの営業マンｅｔｃ．ｅｔｃ．が前後左右を通り過ぎていく。

ヨーレンの目的地が前方に見えて来た。杭《くい》と鉄《てつ》条網《じょうもう》で囲まれた「廃墟《はいきょ》」である。

この辺は〈安全地帯《セフティ・ゾーン》〉だが、妖物の棲息《せいそく》、跳梁《ちょうりょう》する地点は、エア・ポケットのごとく存在し、人々に惨殺《ざんさつ》の罠《わな》を張る。

〈安全地帯〉に生きるだけに、その力は〈危険地帯《デンジャラス・ゾーン》〉の平均的妖物よりも強く、呪術《じゅじゅつ》や法《ほう》力《りき》、火器等の手段を駆使《くし》しても容易に掃討《そうとう》できず、放置するしかないのが現状だ。そして白日《はくじつ》の下《もと》に存在する以上、どんなに隠しても人々は群《むら》がる。ひと目見ようと隠蔽《いんぺい》用のドームを破壊する。ならば、その棲家《すみか》をさらし、バリケードのみを防禦策《ぼうぎょさく》とすればと実行に移した結果、好奇心を満足させた人々は鉄条網の手前で立ち止まり、カメラ片手に出現を待って、孔雀《くじゃく》が羽根を広げぬと納得した上で立ち去るのであった。

〈区役所〉の宣伝課にひとり面白い男がいて、拝観料を取ろうと言い出した。それも、料金箱を柵《さく》の一本にくくりつけておけばいい。真っ先に賛成した〈区長〉の指示のもと実行に移したら、これが大当たり。〈安全地帯〉で妖物が見られる、しかも安全にと独善的判断が加わって支払いを無視するものもなく――あったら周《まわ》りに脅《おど》される――収入は一日平均一〇〇万円を易々《やすやす》とオーバーした。ちなみに拝観料はひとり一〇〇〇円、カメラ撮影は三〇〇〇円で、監視カメラのデータからして、ほとんどがズルをせず支払っていることが判明したのである。

　今日も妖物目当ての連中が柵の前を埋めている。

　ヨーレンは舌打ちすると、人垣の最後尾《さいこうび》について、いきなり廃墟前の通りの右方を指差して、

「あっちに妖物がいたぞ！」

　と叫んだ。それから、

「あれは珍しいわ、ビキニの美女よ」

　とつけ加えたが、これは女の声であった。

　人垣は巨鯨《きょげい》のごとくそちらへ動いた。

　最後のひとりが背を向けた瞬間、ヨーレンは軽く地を蹴《け》るや、五メートルの柵を軽々と越えて、コンクリの瓦礫《がれき》の中に立ち、信じられない速さで、灰色の建物の中に消えた。

　かなり広いビルである。一〇〇坪は固い。幸い外壁はさして破損しておらず、ドアも無事であった。入って閉じると、窓以外は外部との接点はなくなった。

「来いよ。来なければ、戦場をこしらえた甲斐《かい》がない」

　彼は窓から外を覗《のぞ》いた。

　柵の手前に小柄な男の子が立っていた。やや俯き加減に、上眼遣《うわめづか》いでこちらを窺《うかが》っている。はじめて見る顔だ。

「あいつらの騒ぎぶりからして、大した奴だと思ったが、こんな餓鬼《がき》とはな。だが、軍隊時代、敵の幼年兵を射《う》てず、多くの仲間が死んだ。同じ愚《ぐ》は犯《おか》さんぞ」

　ふとバッグに手を触れた。

「なに、違う？——あいつが⁉」

　愕然《がくぜん》と立ちすくんだ瞬間、天地が逆転した。床が頭上に。天井が足底に。凄《すさ》まじい三次元的幻惑の中で、ヨーレンはバッグを左右に開いた。ジッパーはダミーだ。

　忽然《こつぜん》と正常な感覚が戻っても彼はよろめいた。

　必死に確保した視界に、ドアの前に立つ少年が見えた。

「おれの息子たちが、おまえを同類だと言っておる。おまえの飼主はいつ何処でおれを見た？　そいつは何処にいる？」

　少年の瞳が色を失いつつあった。

「ひょっとしたら、おれの捜し求める相手かも知れん。頼む、教えてくれ」

　少年の眼が黒い洞窟《どうくつ》と化した刹那《せつな》、またも世界は反転し床が頭上に廻った。

　——落ちる、とヨーレンは直感した。落ちたら即死する
「行け！」

　バッグの口から二つの塊《かたま》りが少年へと迸《ほとばし》った。

　神速で少年の両脇をすり抜けたとき、彼の両腕は肩から失われていた。

　同時にヨーレンの身体も足下の天井から頭上の床に落ちた。間一髪《かんいっぱつ》身を捻《よじ》って左肩から落ちたのはテロリストの反射神経だ。

　だが、凄まじい衝撃が左腕を砕《くだ》いた。のみならず、肋骨《ろっこつ》数本が後を追う。天井から床までは約四メートル——天地が逆転した世界では、それが数百倍に延びるのか。苦痛にのたうちながら、ヨーレンは呻《うめ》いた。

「一〇〇〇メートル落ちた。それで済んだか。餓鬼め、何処へ行った？」

　少年は、もとの位置に立っていた。いや、両腕は健在だ。奇怪な幼戦士の姿はなく、そのとき、ドアを開いて父親らしい中年の背広姿がとびこんで来た。

「嘉広《よしひろ》——入っちゃいかんと言ったろ！　出るぞ！」

　ここで息子の見ているものに気づいて、凍りついた。

「おかしいんだよ、パパ」

　少年がヨーレンを指さして、首を傾げた。

「——何がだ、坊主？」

と、ヨーレンは無理矢理微笑を浮かべて訊いた。

途端《とたん》に鮮血を吐いた。折れた肋骨が肺を貫《つらぬ》いたのだ。

「うわっ」

父親が息子に駆け寄って肩を摑《つか》んだ。

「あの人さ、勝手に倒れただけで、骨が折れちまったんだ。ほら、血も吐いてる。カッコいい！」

「莫迦《ばか》、来い」

頭ひとつ殴《なぐ》って泣き出した子供を、父親は押し出すようにドアを抜けて去った。

「何とか――生命《いのち》拾いか」

血まみれの口でつぶやき、ヨーレンは無事な右手の平を出血地点と思える場所に当てた。熱い。イスラエル軍の医療班が数年前に編み出した簡易応急処置のひとつは、侵入物質を抜き取る角度を最も重視する。今回は抜く前に押し出さなくてはならない。

決めるのは二秒――

「よし」

力は重要ではなかった。角度とタイミングだ。

押し込んだ手の平から、骨の手応《てごた》えがはっきり伝わって来た。抜くと同時に血流中のX抗体が殺菌と組織の溶融《ようゆう》にかかる。

二度、思い切り吐いた。

それで充分だった。

恐るべきテロリストは立ち上がった。

今のはあくまでも応急処置だ。医者へかかる必要があった。

血だらけの唇が、にんまりと笑いの形を作った。

「〈魔界都市〉にはいい病院があったな」

口の血を拭《ぬぐ》ってからバッグを肩にかけ直し、彼はドアの方へ歩き出した。

それから十数分後、メフィスト病院のカルテに、次のような書き込みがあった。

氏名　ガルテン・ヨーレン　三七歳
職業　テロリスト

3

「お帰り」

店へ顔を出すと、カウンターの向こうから父の泰三《たいぞう》が、何かを放ってよこした。

ヒップ・ホルスターに入ったワルサーの最新モデルMP〇〇二六である。

「わお」

ブルー・スチールの凶器を、真吾は嫌な眼で見つめた。もともと争いごとは嫌いな性質《たち》の上に、銃での殺し合いも何度か眼にしている。持ちたいと思ったことはない。

「故物屋《こぶつ》で買った中古だが、新品より使いこんであるほうが操作し易い。九ミリで一五プラス一発だ。弾丸《たま》は、ほれ」

また飛んで来た。

また重い。紙箱だ。表面にアルファベットで会社の名前と、9mmCALIBER50SHOTSとある。口径九ミリの拳銃弾五〇発入りだ。

「なんだよ、急に?」

「何となく、だ。持ってろ」

「要らないよ。ガンなんて嫌いだ」

「来い」

父は拭《ふ》いていたグラスを置いて手招きした。

真吾が肩をすくめて言われたとおりにすると、

「おまえは一七年間、〈新宿〉にいて危ない目に遭《あ》ったことがない」

と切り出した。

「奇跡に近いことだ。だから、この街を甘く考えている。おまえの友だちは、何人生き残ってる?」

「どんな友だちかによるけど、今まで同じクラスだった奴なら、三〇人は死んでるよ」

「だろ。残りも生命に関わるような目に遭ってるはずだ。おまえにはそれがない。だから武器を嫌がるんだ」

「持たないほうがいいだろ、こんなもん」

「人食い鬼《グール》に迫られてみろ。話し合いで解決できると思うか？」

「そのときになんなきゃわからないよ」

「そのときが来たらおしまいだ。おれは倅《せがれ》が食い殺されたくはない。だから持ってるんだ」

「だから、どうして急に？」

「勘《かん》だ」

「勘？」

「おまえの身に危険が迫っている。だからだ。使い方はわかるな？」

「ああ」

中学時代の級友《クラスメイト》がH《ヘッケラー》&K《コッホ》のオートを一挺《いっちょう》持っていて、使い方を見せてくれた。安全な廃墟で射ったのだが、耳障《みみざわ》りな音も手に来る反動も気に入らず、一発でやめた。いないはずの〝歩く死者《ウォーキング・デッド》〟が大量に現われたせいもある。

今日から肌身離さず持ってろ。と強要する父の迫力に逆らえず、真吾は武器と弾丸を手に階上の住まいへ上がった。母は一年前に死に、それからは父と二人、お互い自分のことは自分でやれる年頃だった。

ベッドへ横になって考えた。

――やっぱり、親父《おやじ》いい勘してたな
今回のワルサーは思い当たらないが、何度か、それで切り抜けたと自慢を聞かされた覚えがある。

いちばん印象に残っているのは、店へ入って来た母子《おやこ》を一瞬で妖物と見抜き、頭を射ち抜いた件だ。みるみる現われた毛むくじゃらの正体は、変身獣だった。変わったら手の打ちようもなかったろう。変身は一秒とかからない。

「それを一発でか」

ワルサーを抜いた。黒の濃いブルー・スチールの武器は、しっくりと手に合った。中古のせいか。

気がつくと、立ち上がっていた。ワルサーはホルスターごとベルトに装着され、右の腰に鉄の重さを伝えて来た。

右手で抜いて構《かま》える。ゆっくりやるつもりだった。

遊底《スライド》を引いて戻し、弾倉《マガジン》内の初弾を薬室《チャンバー》に送りこんでから弾倉を抜いて新しい九ミリ弾を一発込め、銃把《グリップ》に戻した。

「へえ」

我ながらわかってるなと思った。

ホルスターに入れてから、自然に両手を垂らし、眼は前方に。ゆっくりと銃把を握って抜いた。

また戻して、少しスピードを加えた。

真っすぐ眼の高さでのばした腕は微動だにせず、照星《しょうせい》と照門《しょうもん》はぴたりと重なっていた。身体は自然と半身《はんみ》を取っている。

再度、戻した。

財布から一〇〇円硬貨を取り出し、右の手の甲《こう》に乗せて、前方へ突き出す。なぜ、こんなことを知っているのかわからなかった。

呼吸も整えず、右手をワルサーへと走らせる。

空中に残された硬貨は、五センチ落ちたところで銃身に受け止められた。

口笛が出た。

信じ難《がた》い早抜《クイック・ドロウ》きであった。自分がやってのけたとはどうしても思えなかった。

――案外、向いてるのかな
親父がくれた理由がやっと呑《の》みこめたような気がした。

だが――これを持ってろって、どんな勘が働いたんだ？

ドアが鳴った。

あわてて、物騒な品を丸ごとベッドの中に押しこんで、どうぞと応じた。

「お邪魔」

ギイギイと固いきしみ音をたてて、車椅子《いす》に乗った祖母の美也子《みやこ》が入って来た。

脊椎《せきつい》カリエスを患《わずら》う身体は、真吾が物ごころついた時からキイキイと鳴っている。

ドアを閉じると、うーむと鼻をひくつかせて、

「厄介《やっかい》な代物《しろもの》を持たされたね。父さんのせいだろ?」

もとから勘がいいとは思っていたが、ここまで凄いとは思わなかった。どうしてわかったのかと訝《いぶか》しんでいると、それを読んだみたいに、

「ガン・オイルの臭いがするよ」

と言った。祖母も〈新宿〉の住人なのだ。次の反応が出来ずに真吾が黙《だま》っていると、

「父さんに乗せられるんじゃないよ」

と言った。

「どういうこと?」

「おまえはあたしの孫だってことさ」

「はあ?」

「父さんは、おまえを巻き込みたくて仕様がないんだ。乗せられるんじゃないよ」

「巻き込むって、何にさ?」


「とにかく、物騒な品はみんな捨てちゃいな」

「そんなん無いよ」

キイキイが近づいて来た。

「ちょっと」

と遮《さえぎ》る前に、美也子はベッドの中のワルサーを、血管の浮き出た手で摑みだしていた。

「危ねーよ」

と手を出す前に、真吾は眼を見張った。

一キロ超の鋼鉄の塊りが、細く小さな手の中で躍《おど》っている。

通常の縦スピンから横スピンへの移動の素早さ、右斜め左斜めのスピンをこなす手は、休まず右から左へと動き、ピタリと止まったとき、銃口は真っすぐドアに向けられていた。車椅子がいつ回転したのか、真吾の目には留まらなかったのである。

「お祖母《ばあ》ちゃん……」

はじめて眼にした七三歳の神技に、真吾の声は震《ふる》えていた。

「よく見ておいで」

いきなり火を噴《ふ》いた。自動拳銃《オートマチック》特有のくぐもった銃声は、ドアに三個の弾痕を穿《うが》った。

今度こそ、真吾は呆然《ぼうぜん》と立ちすくんだ。

たちまち階段を駆け上がる足音が床を蹴り、ドアが開いた。

「何してるんだ?」

ドアの弾痕を見てから訊いた。さして怒った風もないのは、どこの家でもよくあることだからだ。

「射ったのはあたしさ」

「そんなもの見りゃわかるよ」

「子供にこんなもの渡してどうするつもりだね?」

「身を守るためさ。そろそろ携帯してもいい歳《とし》だ」

「こんなもの持っていい歳も悪い歳もあるかい。そろそろはじまったね」

泰三はじろりと美也子を睨んだ。その眼つきに、真吾はぞっとした。

その前に、ひょいと硝煙《しょうえん》たなびくワルサーが突き出された。

「これで満足だろ」

祖母は嘲《あざけ》るように父に言った。

「ああ」

「さ、受け取って、どっかへ仕舞《しま》い込んでおき。二度と手に取らないことさ」

「ちょっと——こんな拳銃、近所の闇屋だって手に入る。なんで二人でいがみ合うんだよ?」

真吾の眼から見ても、仲のいい二人とは言えない。どころか、本当の母子かと疑うことすらあった。それでも子供としては、表面上でも穏《おだ》やかに過ごして欲《ほ》しい。一七年間ずっとそう思って来た。

ところが今度は自分が原因らしい。真吾はいたたまれなかった。

ワルサーを受け取ると、

「それじゃあ、お先に」

と祖母は出て行った。

「それは捨てるなよ」

と父が念を押すように言った。

「わかったよ。けど、祖母ちゃんが」

「誤解してるんだ。おまえが生まれて一七年も経《た》つのに、まだわからない。年齢とともに個人の危険が増す。それが〈新宿〉の掟《ルール》だ。おれはおまえが危険だと思っただけだ。勘だが、当たればドンピシャだ。いいか、よく考えろ、死にたいのか？」

「とんでもない」

「なら、おれと祖母ちゃんと、どっちがおまえを大事に思ってるかわかるだろ。自分の身は自分で守らなくちゃならん」

それはこの街では自明《じめい》の理《り》だ。

「なあ、おれの身に何が起こるってんだい？」

「それは運命が決めてくれる。従うか逆らうか、自分で決めるがいい。いい目が出るように祈ってるよ」

真吾の肩をひとつ叩いて、泰三は去った。

結局、拳銃だけが残った。


「二人とも何考えてんだよ」

真吾はワルサーを見つめた。それは運命が化けたもののように、偉大なる無表情で、真吾を見つめ返していた。


メフィストは院長室にいた。

誰もがその位置を知りながら、滅多《めった》に辿り着けない部屋である。

黒檀《こくたん》の大デスクを前に、白い院長は〝重要〟と記入されたカルテを眺《なが》めていた。

「奇妙な症状だの」

それは、メフィストの声しか聞こえてはならない部屋に響く、別人の声であった。

「これは、ドクトル」

メフィストはカルテを置いた。

デスクの真ん中に白髪《しらが》頭の老人の顔が乗っていた。

ドクター・メフィストが、世界で唯《ただ》ひとり〝ドクトル〟と呼ぶ男――ドクトル・ファウストの顔であった。

「何の御用でしょうか?」

顔はぬうと上がって、みるみる肩、胸、腰から爪《つま》先《さき》までを露《あら》わにした。

長靴《ブーツ》の底は数センチ宙に浮いている。

「忠告に来た」

すでに滅び去った古いドイツ語である。

「それはそれは」

メフィストはこの国の言葉だ。それで会話は不都合なく維持された。

「みだいという娘がおるじゃろ?」

「よくご存知で」

「あれは早いところ出したほうがよい。今しろ」

「ドクトル・ファウストのお言葉とは思えませんな。何をあわてていらっしゃる?」

「これを見ろ」

ファウストは右の長靴に手をかけると、器用に空中で脱いだ。

メフィストの眼が細まった。眼の前で靴を脱ぐ不作法さに怒ったのではない。露わになった脛《すね》から下が無惨なケロイドに覆《おお》われていたからだ。

「みだいの関係者に?」

とメフィストは訊いた。大変ですなとも、重傷ですか? とも訊かない。

ドクトル・ファウストの手に負えない傷だ。大変で重傷に決まっている。あとは――誰がつけたのか、だ。

「アギーレ・バブチュスカだ」

「ほお、生きておりましたか」

「ああ」

「すると、三〇〇〇頭の妖物も?」

「そうじゃ。あと一頭残っておる」

メフィストの眼に凄まじい光が点《とも》った。一頭残してすべて片づけたことに驚いたのではない。

「一頭――それはどのようなものでしょう?」

「アギーレは〝火吹き小僧〟と呼んでいた」

「初耳ですな」

「封じられた名前だ。現役で知っておるのは、わしとアギーレ、あと二名ほどだろう。事情は訊くな」

了解事項なのだろう。メフィストは、

「万端《ばんたん》、承知いたしました。ご来訪感謝いたします」

「やれやれ。この歳で、おまえのところへ来るのは辛《つら》いわい」

肩を叩きはじめた。

メフィストは引出しを開けて、紙包みを取り出した。表面に「虎屋《とらや》の羊羹《ようかん》」とある。こんなものが引出しに常在するのもメフィストならではだ。

「おひとつ」

差し出すと、老人は固辞《こじ》した。

「よせ。そんなつもりで。――いや、そうか。遠慮なく」

ほくほく顔の禿頭《はげあたま》がデスクの中に消えると、メフィストはカルテに戻らず、椅子の背にもたれた。

光さえ吸いこんでしまうといわれる美貌《びぼう》に、珍しく感情の色があった。

「アギーレ・バブチュスカよ、ドクトル・ファウストに火傷《やけど》を負わせた一頭とは、どれだ?」

右手が宙に浮かんだ。空中投影である。

美しい毛並みの猫を思わせる獣《けもの》が、三メートルほど前方に浮かび上がった。

第二章　獣進化

1

全長は三メートル弱だが、針のような灰色の剛毛が首から尾までを覆い、顔の奇妙《きみよう》奇天烈《きてれつ》さを強調していた。

一〇歳にも満たない少年の顔なのだ。桜色の頬《ほお》と艶《つや》やかな肌。金髪が照明に映《は》え、そして、笑顔――〈魔界都市〉ですら手をのばしたくなる馥郁《ふくいく》たる笑顔だ。

しかし、金色の眼――眼だけが笑っていない。

「呼び出してはいないが」

とメフィストは言った。

「ドクトル・ファウストにつけられた傷の治療に来たか。診《み》てやろう」

獣体の少年は前に出た。

どん、と大デスクの上に落ちた。

低い狂暴な唸《うな》りがメフィストを恐れていないと告げている。

少年の顔が歪《ゆが》んだ。大人の狂気を湛《たた》えた表情が、ぐいと背中の方へそった。

ふり戻った頬は思い切りふくらみ、メフィストの上半身へ息を吹いた。それは灼熱《しやくねつ》の炎であった。

白い医師は燃える線と化し、炎は椅子にもデスクにも床にも飛び火した。

五秒も吐きつづけて、少年は右の前足で口元を拭った。

顔には再び少年の笑《え》みが浮かんでいる。

急にこわばった。

メフィストが椅子にかけていた。その何処にも、ほかの一切《いつさい》の場所にも炎は跡形《あとかた》もない。

「ドクター・メフィストのことを知らずに来たか？」

と白い医師は話しかけた。

「だが、これがおまえの実力ではあるまい。三〇〇頭の中の唯一《ゆいいつ》の生き残りよ。風邪《かぜ》でも引いたら来るがいい」

　立ちすくんだ人獣の脊椎の中心を、紫色の電光が貫いた。

　呆気《あっけ》なく少年はのけぞった。

「巨人族を斃《たお》した〝ゼウスの雷《いかずち》〟だ。多少はもてなしになるか」

　返事はない。

　標的を失った稲妻が黒いデスクを打った。

「さすがだと言いたいが、人手を頼るとは――底が透《す》けるな。アギーレよ」

　メフィストの眼に、黒いドアの前に立つ人影が映った。長身だ。それしかわからない。影は闇と手を組んでいるのだった。

「おまえと会ったことがあるか？」

　と影は訊いた。

「だが、その美しい顔だけは、失われた記憶にも残っていたぞ――おお、思い出したぞ、その顔を。ドクター・メフィストよ」

「痛み入ると言いたいところだが、断わりなく我が部屋へ侵入し、人獣に生命を狙《ねら》わせた以上、覚悟は出来ているな？」

「――おまえに用はない。あの女を出せ。それですべては済む」

「それが私と患者への最大の侮辱《ぶじょく》になると心得ているな？」

　メフィストの美貌が、輝きを増したかのようであった。

　人影の身体が歪んだ。頭部が下を見た。足には、一〇本の針金が巻きついていた。

「最早《もはや》、逃《のが》れられんぞ。ここを死に場所とするがいい」

　メフィストの手から光るものが飛んだ。影を貫き背後の鉄扉《てつび》に食いこんだのは、一本のメスであった。

「これは――効く。〈魔界医師〉の名前――ふさわしいと認めよう」

ここでひと息入れて、

「だが、メフィストよ、おまえにも必要になるぞ、飼犬がな」

影は右手を胸の銀のすじにかけ、抜くと同時に打ち返した。

自《みずか》らのメスを白い医師は難なく受け止め――たはずが、それは拳《こぶし》をすり抜けてケープの左胸に吸いこまれた。

ちら、とそちらに眼をやって、すぐに戻すと、アギーレと呼んだ人影はもうなかった。

メフィストはメスに手をかけて抜いた。抜こうとした。それはびくともしなかった。

「やるな、これが〝アギーレの槌《つち》〟か。確かに一頭必要だ。これを咥《くわ》えて抜く獣がな」

メスは確かに心臓を貫いている。

苦痛の色など一片もとどめず、メフィストは右手の指輪を空中に閃《ひらめ》かせた。

空中に、白衣姿の男がひとり現われた。


「これは院長――『有機生命構成科』へ、何年ぶりのご訪問で？」

正直、眼を丸くしている。

「少し、工作をしたくなった。これから言う品を集めておいてもらいたい」

「承知いたしました」

男は意気込んでうなずいた。どこか院長と等しく物静かなスタッフが多い中で、例外的な人物であった。

「では」

メフィストの声は低く流れた。

娯楽室でようやく、獲物《えもの》を見つけた。

データに添付された写真に穴が開くほど確かめた顔だ。

――見つけたぞ。神城寺みだい
久しぶりに胸が高鳴った。

患者として同じ病院へ入る。我ながらいいアイデ

ィアだった。

はためには異常が感じられない。服も私服だ。ミニスカートからのびた脚《あし》の生々《なまなま》しさがヨーレンの眼を吸いつけた。

みだいはゲーム・マシンにかじりついていた。

病院の定番だが、メフィスト病院らしいとはいえない「緊急治療センター」という名のゲームである。

みだいは病院へと向かう救命車を必死に操っている最中であった。

前方の〈靖国《やすくに》通り〉にひしめくタクシーやトラック、乗用車の列や塊りを巧《たく》みにさばき、時にはサイレンの代わりにブローニングM52重機関銃を空中へ乱射しつつ、病院をめざす。

到着すれば、駐車場に隠れていた生肉狙いのゾンビの群れから患者を守って、院内へ搬入しなくてはならない。

みだいの口はへの字に曲がっていた。

その背後――五メートルほどのところに用意された椅子の上に、ヨーレンは腰を下ろし、両手を膝の上に乗せた。

パジャマの前ボタンは外してある。

手指を組み合わせたゆるい拳の中に、パジャマの内側から黒い影が吸い込まれた。

「行け」

さらにゆるめた指の間から、黒い霧状のものがみだいの首すじに流れ、貼りついた。そこから耳の孔《あな》に侵入すれば、みだいの思考力は数時間失われる。その隙《すき》にロボット化した彼女を病室へ連れ戻し、様子を見て脱出行動に出る。

目論見《もくろみ》は、瞬時に砕け散った。

首すじの黒塊に、天井から青い光のすじが落光《らっこう》したのである。

驚愕に見開いた眼が、傷ひとつない白い首すじを映した。

ヨーレンの胸の患者《クランケ》カードが、かすかな唸りを発した。

すべてはモニタリングされていたに違いない。

唇を嚙《か》んだその耳に、

「当院の規約第三〇条に基《もと》づいて、退院を命ずる」

どこからともなく世にも美しい声が響き渡ったのである。その口調の冷厳《れいげん》さよりも声の美しさに、テロリストは我を忘れた。

弁解の通じる相手ではない。

すくんでいるうちに、

「荷物をまとめて一〇分以内に退院手続きをしたまえ。以上だ」

宣言は一方的に断《た》たれた。

舌打ちした眼の前を、みだいが通り過ぎた。

ヨーレンの眼に凄絶《せいぜつ》な光が点った。死を覚悟した光といってもいい。若い後ろ姿が廊下を曲がってから、彼は立ち上がった。

何気ない風を装《よそお》いながら、あとを追う。監視されているのは承知の上である。

みだいは前方を進んでいく。廊下に人影はない。


病室へ戻るつもりだろう、とヨーレンは踏んでいた。その前に決着をつけなくてはならない。死を代償にした賭《か》けだ。興奮に全身が熱い。

急に、みだいが足を止めた。

右方に中庭への扉がある。

少しためらってから、すっと扉を抜けた。

ヨーレンの血がたぎった。同時に鳩尾《みぞおち》のあたりに動きが生じた。

「少し待て、少し待て」

軽く叩いてなだめながら、ヨーレンも庭へ出た。

めまいを感じた。

〈新宿〉の、特に〈駅〉近くに広大な土地が多いのは、周知の事実だ。

そこは王宮の庭であった。

大理石《だいりせき》の歩道が優美に緑の芝生《しばふ》の間を走り、あちこちに白亜《はくあ》の四阿《あずまや》と深い森、別荘としか思えない優雅な建物がそびえている。

眼を凝《こ》らせば、緑の広がりの彼方《かなた》には湖面らしいかがやきがゆれて、白鳥のようなボートが何隻《なんせき》もオールを動かしている。

歩道や芝生を歩く人々の存在も気にならぬ、正《まさ》しく絵のような光景に、テロリストは使命さえ忘れかけた。

――あいつは⁉

気を取り直したのはすぐあとだ。だが、ガウンやパジャマ姿で逍遥《しょうよう》する人々にいくらテロリストが眼を凝らしても、みだいの姿は見えなかった。

「何処だ？」

愕然と走った。

草を蹴り、水しぶきを上げて――最後に森の中に入った。

枝葉の間からこぼれる光、涼しさを増した風、足の下で広がる草、そびえる木立ち――どれも本物だ。

そして、血走った双眸《そうぼう》は、ついに森の奥へと歩く娘の後ろ姿を捉《とら》えた。絶好のチャンス――二人きりだ。

距離は一六、七メートル。

ヨーレンは上衣《うわぎ》の前を開いた。

飛び出した影には翼《つばさ》がついていた。

力強い羽搏《はばた》きはみだいの頭上で両脚の爪《つめ》をその肩に食いこませた。

「行け――空に魔力はかかっていない」

妖鳥はそのかけ声に応じて蒼穹へとみだいもろとも上昇するはずであった。

「おっ⁉」

ヨーレンは身構えた。

妖鳥の選んだのは水平飛行であった。

みだいを摑んだまま、真っすぐこちらへ突進してくる。

「ドクター・メフィスト⁉」

間一髪で身を伏せたテロリストへ、鳥はみだいを落とした。

押しのけようとした手に、冷たい鋼線のような指が巻きついた。

「お、おまえは？」

みだいの白い顔が眼の前にあった。

顔が近づいて来た。

その唇からかぐわしい息が、ヨーレンの鼻孔《びこう》を覆った刹那、稀代《きたい》のテロリストは意識を失った。


肩を叩かれて気がついた。

「トランペット吹きの休日」が耳から脳に流れこんでくる。あまりアドレナリンの分泌《ぶんぴつ》の役に立つメロディではなかった。

「まだつぶれるには早いよ」

と右隣りの男が言った。横顔は南米系か。

どうやら、バーらしい。カウンターに一〇脚のスツール、ふり返ると店内には四人掛けのボックスが三カ所だ。ほとんど埋まっている。時間は夜らしいが、体内時計は狂いっ放しだった。

服装《みなり》は入院前――スツールの下にはバッグも置いてある。

メフィストの仕業《しわざ》か。

こう思ったが、怒りは湧いて来なかった。こちらは全力を尽《つ》くしたが、向こうは遊び半分の実力も出してはいまい。完敗と認めざるを得ない。反撥《はんぱつ》も可能だし今までもそうして来たが、今回は例外だ。相手が悪すぎた。

バーテン兼任らしいマスターに訊くと、もう三〇分も前に入って来て、水割りを一〇杯も空けたという。時刻は夜の一〇時を廻っている。

眼の前のグラスは空であった。もう一杯と注文したとき、

「メフィストかね？」

とんでもない単語が脳内に響き渡った。

2

「あんた――誰だい？」

ヨーレンは横眼で右隣りの相手を睨みつけた。

「アギーレ・バブチュスカ。魔道士だ」

「〈新宿〉じゃ珍しくねえぜ」

「いや、珍しい」

男は笑いかけた。その笑顔からは、次の凄まじい台詞《せりふ》は想像もつかなかった。

「この世の中で、唯ひとりドクター・メフィストを斃せるかも知れない魔道士だ」

「口では何とでも言えるぜ。おれは実は〈区長〉だ」

「地味なセレクトだ。それ以上の出世は望めないな、ガルテン・ヨーレン」

「どうして知ってる？」

「君は自分で考えている以上の人気者だ。世界中のニュースやインターネットで毎日顔が流されている。恐らく一〇億人以上が五〇〇〇万アメリカ$《ドル》の賞金を狙っている」

「あんたもそのひとりじゃねえのか？」

「私はメフィストを斃せるかも知れないと言った。だが、出来れば戦わずに勝ちたい。そこで君に白羽《しらは》の矢を立てたわけだ」

「何だ、そりゃ？」

「君はメフィストと戦って敗《ま》けた。隠すな、顔にそう書いてある」

何だ、こいつは？　ヨーレンの胸に灰色の雲がかかった。

「だが、君にはまだ未練がある。メフィストを斃すことではなく、その先にだ。それを叶《かな》えてやった」

「何だあ？　寝言は寝てから言え」

ヨーレンはわざと大声を出した。早いところこいつを片づけなくてはならない。始末しない限り付きまとわれるような気がした。

戸口の方から夜風が吹きこんで来た。

黒々と人影が入って来て、三つまとめて戸口にいちばん近い席にわだかまった。

「メフィストに勝たせると言ったな？」

ヨーレンは男――アギーレを見つめた。

「ああ」

「なら、いま入って来た三人。おれを狙うモサド一味の刺客だ。日本に着いてからずっとあとを尾《つ》けてくる。あいつらを五分以内で始末してみせろ。断わっておくが、おれ専用だ。少し手強いぜ」

「それはそれは」

男――アギーレは気軽にスツールから下りた。

「お客さん」

止めようとするマスターの胸ポケットに数枚の紙《し》幣《へい》を突っ込んで口止め成功。ヨーレンは横眼で男たちを追った。

アギーレは男たちの前で、帽子を取った。

三人のアラブ人は、胡散臭《うさんくさ》そうな眼で見上げるばかりで何も言わない。

構わず、アギーレが何か言った。明らかにこの世界に属しながら、この世には存在しない失われた言葉であった。


何か知っていたのかも知れない。二人掛けのシートにかけていた手前のひとりが立ち上がった。アギーレの方を睨みつけながら、二人して戸口の方へ向かう。壁を廻って見えなくなった。

一〇秒ほどでアギーレだけが戻って来た。

戸口の方へ眼をやる二人へ、また古代の言葉を投げた。ひとりでかけていた男が、その位置からアギーレの膝へキックを放った。人体改造手術でも受けているのか、凄まじい蹴りであった。重くて速い。

アギーレの膝は耳を覆いたくなるような音をたてる。

それでも彼は立っている。もうひとりが上衣から拳銃サイズのＳＭＧ《サブマシンガン》を抜いて、遊底《スライド》を引いた。戻ると同時に弾丸が薬室に入って発射ＯＫになる。

アギーレの手から帽子がとんだ。

キックを放った男の頭に乗った。――と見る間に、シートの上に落ちていた。

男はいなかった。

店内を小気味《こきみ》良い発射音が駆け巡った。

アギーレの背後の壁に並んだ酒瓶《さかびん》が次々に砕け、中身とガラス片を床にぶちまけていく。

ヨーレンもスツールから床に移動していた。

アギーレは平然と男たちの席へ近づくと、帽子を取り上げた。その身体に傷痕《きずあと》ひとつない。

帽子が流れた。

なす術《すべ》もなく男が頭に受けたのは、既視感《きしかん》としか言いようがなかった。

三人の客が消えた席から帽子を取り上げ、アギーレはスツールに戻った。

ヨーレンも隣りに腰を下ろした。

床に伏せていたマスターが、酒まみれの顔で、

「新しいのをお作りしましょうか？」

と訊いた。

「ああ」

とヨーレンはうなずいた。

「こちらにも好きなものを。おれのおごりだ」


にんまりと笑み崩れた顔には、相手に何もかも任せ切った卑《いや》しい媚《こび》が浮かんでいた。


「何してんだよ、愚図《ぐず》」

水垣真吾がふり向いたとき、細い路地の上に倒れる娘が眼に入った。相手はどう見てもチンピラだ。どっかの組に属して、ホステスたちの稼《かせ》ぎの上前《うわまえ》をはねている蛆虫《うじむし》に興味などなかったが、被害者に見覚えがあった。

「寒地くん」

駆け寄っていくと、チンピラが肩をゆすって、

「何だ、この愚図の友達《ダチ》か？　あー？」

「まあね」

「まあね？　餓鬼が一人前の口きくんじゃねえぞ。ダチならこいつの後始末ぐれえできるだろうな？」

「何かしたのかい？」

いつもなら腰が引ける状況だが、今日の真吾はひと味違っていた。声にも力が漲《みなぎ》っている。

チンピラにもそれがわかった。

「ああ、ぶつかったのさ。こんなブスに触れられたら、一生ケチがつく。だから、落とし前をつけろと言ってるんだ」

「自分でそれが通ると思うか？」

真吾は、この莫迦という表情を隠さず若い悪相《あくそう》を見つめた。

「この野郎——アヤつける気か？」

チンピラは上体を前に屈《かが》めて、右手を赤茶色の上衣の内側へ入れた。

引き出した右手には、青光りする拳銃——弾丸が出るだけの傷だらけの安物自動拳銃《オートマチック》が握られていた。〈歌舞伎町〉に行けば、一挺一〇〇〇円から二、三万で弾丸《たま》一〇〇発付きが買える。これを使った犯罪の多い日にちなんでついた名前が〈フライデー・ナイト・スペシャル〉だ。

いきなり火を吐いた。

寒地志麻の顔の横でアスファルトが弾《はじ》け、志麻はきゃっと顔を背《そむ》けた。

「やめろ」

「うるせえや」

チンピラはあわてた風もなく真吾に向きを変えた。

自信に満ちた顔に動揺が走ったのは、右手に握られた、これも自動拳銃《オートマチック》を見たせいだ。

「て、てめえ⁉」

真吾に狙いを定める前に、チンピラは銃声を聞いた。

人さし指を押さえてのけぞる。

弾きとばされたのはチンピラの拳銃であった。ついでに用心鉄《トリガー・ガード》に引っかかった人さし指も持っていかれて骨が砕けたのだ。

「て、てめえ」

なおも歯を剝く顔面にワルサーの銃口をポイントして、

「失《う》せろ」

真吾はヒーロー気分で命じた。

覚えてろの捨て台詞を残してチンピラが走り去ると、真吾はワルサーをヒップ・ホルスターに戻してから、志麻を抱き起こした。

「何よ、今の?」

咎《とが》めるような怒りの声が、真吾を驚かせた。

「何がだよ?」

「ピストル射ったでしょ、あの人の手」

「――まあ、な」

今度は真吾が頭へ来た。助けてやったお礼がこれかよ?

「他人をピストルで射つなんて――殺したらどうするの?」

「おい、おまえが危なかったんだぞ。現に射たれたろ。俺は悪くて、あいつはいいのか?」

「あの人のはただの脅しよ。あたしを傷つけるつもりなんかなかったわ。でも、あんたのは殺意が見え見えだったわよ」

「あーそうかい。悪うござんした」

引き起こそうと手を出したが、志麻は無視して自分で起き上がった。

とりあえず異常なしと見て、真吾は歩き出した。せっかくの日曜日、みだいの病室へ行く途中だというのに、ロクな眼に遭わない。

「じゃあな」

精一杯《せいいっぱい》冷たく言い放って歩き出すと、気配がついてくる。

「何だ、おまえ?　のこのこついて来んな」

「ついてなんか行かないよ。みだいのとこ行くの。あんたが先に同じ道歩いてるだけよ」

相変わらず俯いてぶつぶつ念仏《ねんぶつ》でも唱《とな》えろと真吾は足を早めた。

メフィスト病院の門の前でふり向いた。別々に入って行ったら、どうして仲が悪いのよ、とみだいが暗くなるばかりだ。ここは敵味方手を結ぶべきである。

だが、いつの間にか志麻の姿はなかった。

「何処行きやがったんだ。あの陰々滅々《いんいんめつめつ》女——ま、仕様がねえか」


　みだいは、いつもと変わらない様子だった。つまり元気いっぱいなのである。来るたびに感じる疑惑を、真吾はまた繰り返す羽目《はめ》になった。

　どうして退院できない？

「もうじき、志麻が来るね」

　不意に言われて、驚いた。

「どうしてわかるんだ？」

「どうしてって、入院してからずうっとそうじゃない？　あたし、あんたたちが密約を結んでるんじゃないかと思ってたわよ」

「よしてくれよ、あんな暗いのと」

　真吾は肩をすくめてから、何気なく、

「おまえもよくあんなのと付き合ってるよな、全然タイプ違うじゃん」

「そうねえ。でも、幼稚園以来の付き合いだしさ。あ、生年月日も同じなんだ」

「おい、おまえら、本体と分身《ドッペルゲンガー》じゃねえの？」

「かもね」

　こういう話を、本気半分でしゃべるところが〈新宿〉だ。大人同士ですらこうだろう。

「すると本体がいつも分身のお守《も》り役ってわけだ。よくわかんねえよ。あいつ、何が楽しくて生きてるんだ」

「それは、あたしもよくわからない」

　みだいもこれは認めた。

「あたしとだって、特に二人で何かするってわけじゃないんだ。ただ、いつも、遠くからじっと見てるって言うのかな」

「おまえそれ、ストーカーだろうがよ。よく鬱陶《うっとう》しくねえな」

「そうなんだけどね。でも——あんたに説明してもわかってもらえないと思うけど、志麻といるといつも安心できるんだ」

「安心？　あれといて？」

「そ」

みだいは困ったような表情を作った。

「理由はわからないんだけど、とにかくほっとするのよ。両親とは違う、何か強い保護者とかと一緒にいるって感じ」

「逆じゃあねえの」

真吾が眉をひそめたとき、チャイムが鳴った。

「ありゃ？」

「ドクターの回診よ」

「ドクターって、メフィスト先生《せんせ》？」

「そうよ」

すでにみだいの顔は、夕暮れどきのあかね雲のようであった。

そして、やって来たメフィストは、みだいをひと目見て、

「急だが、明日、退院だ」

と、身震いするような美しい声で告げたのであった。

3

「えーっ!?」

みだいより、真吾が驚いた。

「い、いきなりっスか？」

メフィストの方を向きかけて、眼を閉じた。まともに見たら、何も言えなくなる。

老若男女《ろうにゃくなんにょ》の区別なくかかるドクター・メフィストの美貌の魔法《マジック》であった。

「そうだ。今朝の診察の結果、もう大丈夫と見なした」

「わあ、嬉《うれ》しい」

みだいは素直に両手を打ち合わせた。

まだ、ぽかんと口を開けてる真吾へ、

「何してんの、喜んでよ」

「万歳《ばんざい》」

「あとは月に一度、診察を受けに来ればよかろう。大事にしたまえ」

「はーい」

みだいはもう天にも昇った気持ちだ。

「スタッフに送らせよう」

メフィスト病院にはそういうシステムがある。身寄りのない患者用だ。行き倒れや、記憶喪失者のために、見えない中庭には仮住宅もある。

「いえ、ひとりで帰れます」

「おれ――手伝いに来ますよ」

真吾が片手を上げた。

「――あたしも」

陰々たる声に、ようやく真吾とみだいは戸口に立つ志麻に気がついた。

「ありがと。助かるよ」

真吾が悪態《あくたい》をつく前に、みだいが笑顔を向けた。

「では――三人で話し合いたまえ」

笑いを含んで背を向けたメフィストへ、みだいが話しかけた。

「あの――院長先生、私の病名は何だったんでしょうか？」

メフィストが何か言った。答えだったらしいが、みだいの耳には発音ひとつ残らなかった。ただ――病名だということだけはわかった。

「古代の病名だ。この世界の言葉には直せない。だが、もう心配はいらん」

「わかりました。ありがとうございます」

メフィストが去っても、二人は呆然と宙を眺めていた。背中で済んだ志麻だけはまともな表情で、

「しっかりしてよ。みだい、荷物を整理してあげようか？」

「ううん、いいの。それより明日、家まで送って」

「ご両親は、駄目？」

「ええ、知らせるつもりもないし。ま、あたしが勝手にこの国にいるわけだから」

「じゃ、おれが車を廻すよ」

「ありがと」

「よしなさいよ。退院した日に事故で入院したらつまんないわ」

「どーゆー意味だよ？」

真吾がグレだした。

「あんたの運転じゃ危ないって言ってんのよ」

「おまえな」

「も、やめて。頼むわよ、真ちゃん」

「あいよ。じゃ、手ぇ打ってくるわ」

真吾は、じろりと志麻を睨んで出て行った。

陰気な眼でそのあとをしばらく追ってから、志麻はみだいをふり向いた。

「本当に出るの？」

「院長先生がそう言ったんだから、いいでしょ。

——何よ、心配してんの？」

「うん」

伏目《ふしめ》になってうなずいた。

「どうして？」

「——気になるの。みだいはここにいたほうがいいって」

「だから、どうしてよ？」

「勘よ」

「勘？」

「あたしの勘は当たるのよ。親戚が事故で死んだときも、そ」

「あたしに何か起きるって？」

「そ」

みだいもこの暗い親友の超能力ともいうべき力は知っている。退院が嬉しくてすっかり忘れていたが、訊いてみるべきだった——いや、訊かないほうがよかったかも知れない。

「具体的に言える？」

「ううん」

「なら、やっぱり出るわ。危なくなったら教えて」

この可憐《かれん》な娘も何処かで〈新宿〉の住人なのだっ

た。

それから三〇分ばかり世間話をして、志麻は立ち上がった。

「じゃ、明日来るわ。ね、それまで絶対に外へ出ちゃあ駄目よ」

ドアが閉じてから、みだいは、

「影が薄かったわねえ」

と言った。

病院の門を出ると、

「おい暗いの」

と声がかかった。

「何だ、陽気な奴」

壁から身を翻《ひるがえ》して、真吾が近づいて来た。

「話があるんだ――歩こうか」

「やよ。あんたとなんか」

「いいから来い。みだいのことだ」

「あら」

二人は〈風林会館〉の前を左へ折れて、繁華街の方へ向かった。

「何よ？　浮気するつもりなら遅いわよ」

真吾は沈黙している。この娘にしてはあまりに気《き》の利いた台詞に驚愕したのである。

「寝言は寝てから言え」

「なら、何よ？」

「昨日、射撃場へ行った」

高校生は〈新宿〉ならではの話をし始めた。

「的《まと》は紙で人の顔が描いてある。一〇〇発射って全部ど真ん中だった」

「それがどうしたのよ？」

「的は三回替えた。全部、おまえの顔だった」

「この殺人鬼」

「見てみろ」

真吾はジーンズの尻ポケットから、折り畳んだ紙を取り出して渡した。

志麻は歩きながら開いて、

「あれま」

と呻いた。

「他の的も見たが、普通のばかりだった。どうしてこうなったのかさっぱりわからない。おれはおまえを射つつもりなんかない」

「あたしだって真っ平よ」

「それでだ。これから占い師のところへ行こう」

「やーよ、そんなの。占い師ったって、ピンキリなのよ。おかしなとこ行ったら、口当たりのいいこと言われて、ボられるだけよ」

「おれの祖母《ばあ》ちゃんの紹介だ」

「なおさら危険だわ」

「うるさい、来い」

腕を取って横丁へ入った途端に、ぶつかった。

間が悪い。五人ばかりの革ジャン軍団だった。どいつも麻薬《ドラッグ》のせいで眼が据《す》わっている。

「ご免」

と頭を下げて右へずれたら向こうもずれた。

来やがったな、と思った。

「挨拶《あいさつ》してけよ」

とぶつかった若いのが言った。

「挨拶って――これで？」

真吾は素早く折り畳んだ千円札を、若いのの鼻先に突きつけた。

黙ってそれを革ジャンの内ポケットにしまった。

「足りねえな」

そう来るだろうと思った。

「あと幾《いく》ら？」

「そっちのブス――貸してもらおうか。な？」

若いのはニヤついた。

「こんなブス借りてどうすんだ？」

「ま、気にすんなよ、な？」

ニヤけた顔が言っている。

こんなブスでも輪姦《まわ》して風俗に叩き売れば幾らかになる。それが済んだら、バラして内臓は魔道士か妖術師か病院へ、肉は肉屋へ――最後まで使い道はあるさ。

「わかった」

真吾は微笑した。

「よっしゃ」

若いのは右手で握手を求めて来た。

軽く握って真吾は逆を取り、思いきり捻《ひね》った。容《よう》赦《しゃ》なし。ぼきりと音がして、まず肘《ひじ》が折れた。

若いのが悲鳴を上げる前に後ろの奴へ叩きつけ、ヒップ・ホルスターからワルサーを抜いた。スタートから〇・八秒。ホルスターの位置からすれば、合格ラインだ。

チンピラたちは硬直したが、すぐに顔を見合わせて笑った。

「凄むなよ。ほら、安全装置が外れてねえぞ」

「え?」

わざと眼を丸くしてから、真吾は引金を引いた。ちょっとつぶれた発射音が鳴って、いちばん手前のチンピラが右腿《みぎもも》を押さえてぶっ倒れた。悲鳴を上げてのたうち廻る。他の奴らは血相《けっそう》変えて後じさる。

「次の奴は急所を射つ。ほれ、そこの――何だか知らねえが抜いてみろ」

向けられた銃口の先で、革ジャンの内側に手を入れたチンピラが固まった。

「五人いるからって、のぼせてんじゃねえぞ」

射った。そいつは右腕を押さえてのけぞった。

「何だ、おまえら、チンピラのくせに防弾処置もしてねえのか、バーカ」

真吾は愉《たの》しくなって来た。こいつら〈新宿〉へ来たばかりの素人《しろうと》だ。少し〈魔界都市〉ってものを教えてやらなくちゃな。

結局、全員に一発ずつ射ちこんだ。

「覚えてろ」

五人組は足を引きずり、腕を押さえながら逃亡に移った。痛みのせいで、涙と鼻水を垂らしている。

地面には大きな血溜《ちだ》まりが出来ていた。

「バーカ」

と追《う》い討ちをかけてから、真吾はワルサーを収めて志麻をふり返った。

「はん？」

志麻はぼんやりと立っている。眼は完全に焦点を失っている。全身が弛緩《しかん》し、いま倒れてもおかしくない自失の体《てい》であった。

「おい」

声をかけても駄目、ゆすってみても同じだ。

「来い」

手を掴んでぞっとした。死人《しにん》みたいに冷たい。目の前の横丁へ引っ張りこんだ。奇蹟《きせき》的に目撃者はいなかった。

おい、ともう一度呼んでから、右の頰を張った。

途端に――

「きゃあああああ」

絶叫が迸った。

「え？」

志麻が、ぱっちり眼を開いて、真吾を見た。真吾は通りの方を向いていた。悲鳴はそちらから聞こえたのだ。

「どうしたの？　今の声、誰よ？」

「ここにいろ」

チンピラの逃亡した方へ二〇メートルも進むと、小さな十字路に出た。右の曲がり角の入口で、主婦らしいコンビニの袋を提げた女がへたり込んでいた。

背中の方へ右手をのばして、口をぱくぱくさせている。

幾つかの声がやって来た。

「ひでえな、こんな真っ昼間から。妖物か」

「無茶しやがる。何したか知らねえが、まだ若《わけ》えのによ」

曲がったとき、被害者の想像はついていた。光景は――想像を絶していた。

血の海が広がっているのだった。

顔や手がそこから突き出している。泳いでいるように見えた。

しかし、顔はひとつ。それも半分だ。腕も左腕一本きり。他の部分は――

「食われちゃったのよ」

ふり向くと、へたりこんでいた主婦が、制服警官にすがりついていた。

「あたし、見たの。男の子がいきなり悲鳴を上げて――ふり返ったら、みんな、いっぺんに、頭から齧《かじ》られてたの。それで、あっという間に……呑みこまれちゃったのよ」

「――何にです？」

「わからない。黒っぽい、影みたいなものだったわ。黒い膜が頭にかかって、ぼりぼりって」

「あいつらだ」

真吾は警官の耳に入らないようにつぶやいた。

「でも……誰が？」

回答はすぐにあった。

「みだいよ」

「え？」

隣りを見た。

志麻が立っていた。

「莫迦。来るなって言ったろ」

志麻には真吾の叱責《しっせき》など耳に入らないようだった。

もう一度、言った。

「みだいがやったのよ」

第三章　守護者

1

真吾《しんご》は、大あわてで志麻《しま》の口を押さえ、現場から歩き出した。

もういいだろうという場所まで来て、

「莫迦《ばか》野郎。何言いだすんだ？」

それまで、紙みたいに重さも感じさせず連れて来られた志麻は、なおぼんやりと、

「みだいよ」

と繰り返した。

「いい加減にしろ。みだいが何処《どこ》にいる？」

「いなくても、人は殺せる。〈新宿〉の人間なら──でも、みだいは……」

「みだいが何だってんだ？」

「あれは……みだいじゃ……ない……」

「なにイ？」

途端《とたん》に、志麻はその場に崩れ落ちた。

間一髪《かんいっぱつ》、頭がぶつかるのを防いで、おいと呼びかけたら、いきなりしゃんとなった。

「あれ、どうしたの？」

どこまでか知らないが、少なくとも数分間の記憶は失っているようだ。

説明しようかと思ったが、面倒だ。

「どうもしねえよ」

と答えて、

「さ、占い師だ」

と歩き出した。頭が戻っていないらしい志麻もぼんやりついて来た。

三分とちょっとで、古びた貸しビルの前に着いた。一階に「占い師」とだけ記《しる》した木の看板がひっそりと掲《かか》げてある。ビルの表面に蔓《つる》が這《は》っているのがらしいといえばいえるが、他のテナントは、証券会社の支店等、堅い業種ばかりだ。

外のよりふた廻《まわ》りも小さな看板のかかったドアの向こうには、白いシャツにジーンズという平凡な服

装の平凡な顔をした中年男が待っていた。真吾が名乗ると、鈴木《すずき》だと返した。

「お祖母《ばあ》ちゃんから話は聞いてる。よく似てるね。用件を聞こう」

三人はこれも平凡なテーブルをはさんですわった。星座表も魔法陣《まほうじん》も、占いに必要と思われる小道具は一切《いっさい》ない。一見すれば何のオフィスかもわかるまい。

ようやく正気に戻ったらしい志麻が、今度は不安な表情をこしらえた。それを見て鈴木は、

「心配しなくてもいい。占いに知識は必要だが、それをひけらかすことはないさ」

と言って、志麻をじっと見つめた。

「占って欲《ほ》しいのは君だな」

「そうなんです、あの――」

身を乗り出す真吾を無視して、

「これは少し厄介《やっかい》だぞ」

低い声が、二人に怯《おび》えの表情を作らせた。

「話を聞こう」

鈴木の顔に汗の珠《たま》が光っているのに真吾は気がついた。これは冷汗《ひやあせ》だ。何に怯えているんだ？

射撃場での的《まと》の件を話すと、鈴木はすぐに、

「それは、お父さんがくれた銃か？」

と訊《き》いた。

「そうです」

鈴木はテーブル越しに、志麻の左手指をまとめて握った。

「君もだ」

二人の手指を自分とつないだまま、彼は眼を閉じた。

ふた呼吸ほどで二人が前のめりになった。顔がテーブルにぶつかる音がした。

さらにふた呼吸置いて、鈴木は眼を開いた。二人に向けた眼には、はっきりと恐怖の色が詰まっていた。

「何てこった」

それは、息も絶《た》え絶《だ》えの臨終《りんじゅう》の声に近かった。

「この二人が――こんな……いかん、早く始末しなくては」

彼は立ち上がって、奥のデスクに近づき、引出しから一挺《いっちょう》の自動拳銃《オートマチック》を取り出した。薬室《チャンバー》には九ミリ・ショート弾が込めてある。弾倉にも七発が収納済みだ。

握り具合を確かめながら、二人の方へ向き直って
――

「あ？」

と洩《も》らした。

二人とも消えていた。

「しまった⁉　何処に？」

ドアの方を見た途端、すうと光が失われた。

「内部《なか》か⁉」

さらに暗く。

一点の光も喪失する前に、彼は眼を閉じた。占いには、そうしろと出ていたのだ。気配は闇ひとつ。


ドアの外で礼を言い、真吾と志麻はビルを出た。

「あの人――大丈夫？」

と志麻が心配そうに訊いた。

「大丈夫さ。顔色、良かったろ」

「でも、奥から戻って来たとき、一瞬、消えたように見えたし、あたしたちを見る眼――どこかおかしかったわよ」

「いいさ。結局、最初の見立ては間違ってた。君らにはおかしなところがない、だったんだからな」

「そりゃそうよ。あんたがどうかしてるのよ」

「けどなあ」

「じゃ、ね。あたし、この先からバスで帰る」

「ああ、じゃ、な」

二人は〈歌舞伎町《かぶきちょう》〉の路上で別れた。

鈴木は翌日失踪するが、二人には勿論《もちろん》わからない。

真吾は、まだすっきりしなかった。こういうとき

は〝決め〟が要《い》る。

　もとの噴水広場の前――〈ミラノ座〉地下の射撃場《シューティング・レンジ》は、比較的空《す》いていた。〈区民〉と観光客向けの射場《しゃじょう》だが、広いのが取り得で、あとは危険物を扱っているとは到底《とうてい》思えないほど雑だ。

　壁も天井も〈魔震〉で開いた穴に、プラスチックのガードをあてがっただけで、通りにも銃声が洩れている。

　受付手前の、ロビーを改造したオフィスで真吾は一応身分証明用の――学生証を提示した。こんなものいくらでも偽造出来るし、チェックも簡単にできるが、誰からも文句を言われたことがない。

　自前のワルサーを見せて、カードで九ミリ軍用《パラベラム》弾丸を二箱一〇〇発買う。〈区内〉では、警察、やくざ、一般市民と需要が多いため、〈区外〉の企業に依頼せず、〈区内〉の民間企業がすべて賄《まかな》っている――というのは嘘《うそ》で、暴力団の息がかかった小工場が半分を供給する。これが、正規の品より種類もヴァラエティに富み、安価のせいで遥《はる》かに評判が良く、はける。

　いま、真吾はニッケル被甲《ひこう》の通常弾を買ったが、気分次第で、大口径の大型弾から、釘《くぎ》状の炸裂《さくれつ》弾でもOKだし、金さえ払えば、〈区外〉では使用禁止の拳銃用HEAT弾や粘着《ねんちゃく》榴弾型《りゅうだんタイプ》もごっそり出てくる。標的《ターゲット》もそれに応じて、紙《ペーパー》から戦車用装甲まで変化する。問題は、弾丸の種類と標的の選択を間違える奴で、装甲板に撥《は》ね返された拳銃用徹甲《てっこう》弾が、つぶれずその辺を跳躍しまくることだ。月に一〇名以上の負傷者が出るため、顔まで覆《おお》った完全装甲服を着て射《う》ちまくる客も少なくない。今日はいなかった。

　囲いもない。厚板を渡しただけのブースの位置は、標的で決める。

　真吾は木製の人体標的を選んだ。板上のスイッチを押して両手を自然に垂らす。

標的が浮いた。その心臓を二発の九ミリ弾が貫通した。今度は急降下と同時に前傾《ぜんけい》する――その寸前、眉間《みけん》に二つ穴が開いた。二連射《ダブル・タップ》という奴だ。

「やるなあ」

背後で声がした。

その声のやや上を、銃口がポイントするまで、〇・三秒とかからなかった。

「うお」

と両手を上げて苦笑する大男へ、

「いきなり、声をかけるな」

と真吾は普段とは似ても似つかぬ鋭い声で脅《おど》した。

「これは悪かった。そう怒るなよ。だが、戦士としては満点だ。射撃の技倆《うで》もいいし、体《たい》さばきも問題ない。驚いたぜ」

「あんた――傭兵《ようへい》のスカウトか?」

「スカウト無しだ」

「へえ。何しに来たの、〈新宿〉へなんて?　よっぽど腕が良くないと雇《やと》ってもらえないよ。〈区民〉の五人にひとりは暴力沙《ざ》汰《た》の専門家だ」

「確かにそうだ。じゃ、おれも腕を見せようかな」

「へえ――愉《たの》しそ」

真吾の表情がゆるんだ。銃口は少しもずらさないが、眼に疑惑があった。コート姿の男は両手に武器も摑《つか》んでいないのだ。

自然と位置が移り、男は真吾の射撃位置に立った。

太い指が標的のスイッチを入れる。標的の動きはそのたびに変化するから射手は永久に慣れず、純粋にその順応《じゅんのう》性を試されるのであった。

標的が回転した。

銃声――の前に、真吾は驚きの声を上げた。標的が横一文字に射ち抜かれ――いや、射ち切られたのだ。

厚みはもとより二ミリ足らずだ。しかし、幅は五〇センチを超す。それを一瞬のうちに弾丸をもって切り離すとは――正《まさ》しく人間技ではなかった。

「失礼しました」

真吾はワルサーの銃口を下ろした。

「プロにゃ敵《かな》わない。おれ――水垣《みずがき》です」

「ヨーレンだ」

「レーヨンじゃないんですか？」

「何だ、そりゃ？」

「いえ、何でも。凄《すご》い腕前ですね」

「おれもそう思う。だが、この街じゃ一〇〇倍凄くても糞《くそ》の役にも立たん」

「それは、まあ」

苦笑する真吾をじろりと眺《なが》めて、

「だが、少なくとも人間相手には、まだ使える」

「はあ」

男――ヨーレンの視線は出入口の方へ向かった。

「他の出口はあるか？」

「ええ。こっちに裏口が。でも、鍵がかかってますよ」

「台の下に入れ」

「え？」

ピン、と来た。全身に緊張が走った。

ヨーレンは、背後で射撃を続けている二人の客の方を向いて、声をかけようとした。

出入口から四人の男たちが入って来た。みな背広姿のリーマンである。手にアタッシェ・ケースを提《さ》げていた。

「性懲《しょうこ》りもねえ」

ヨーレンの言葉の途中で、ケースの上端からビームが閃《ひらめ》いた。

紅葉《もみじ》の光のすじが、ケースとヨーレンの心臓をつなぐ。

声もなく倒れた。ヨーレンの背後の客が。その胸から炎が上がっている。

オートの鈍《にぶ》い銃声が連続した。

真吾は戸のそばに立っていた。潜《もぐ》る暇もなかったのだ。

彼は崩れ落ちる三人を目撃した。全員、こめかみから鮮血を噴《ふ》いている。

——いつ⁉

真吾は呆然《ぼうぜん》と、生き残り——アタッシェ・ケースを構えたリーマンに近づいていくヨーレンを見つめた。右手には拳銃——グロックが光っている。

「残念だったな。アメリカかイギリスの狗《いぬ》か？　どっちだ？」

リーマンは後じさった。さっきから把手《とって》に仕掛けた発射ボタンを押しているが無反応だった。

「ま、どっちでもいい」

グロックが撥ね上がった。リーマンがのけぞるのと、銃声は同時であった。

「おかしなもの見せちまったな」

とヨーレンは、微笑して見せた。たったいま四人を殺害したとは思えない澄んだ笑いだった。

「出来たら忘れてくれ。おれの後継ぎに出会ったような気がしたが、もう会わんほうがいいだろう——あばよ」

ヨーレンは手を上げた。それに合わせて上げかかり、真吾はあわてて戻した。

「待ってくれ——あんたは？」

「テロリストだ。国際指名手配されてる。こいつらは、どっかの国の情報部の連中さ。ま、一カ国最低一万は殺してる。追いかけて来るのも無理はねえ」

「………」

「射つかい。君になら射たれてもいい。米ドルで五〇〇〇万が手に入るぞ」

真吾は両手を上げた。どういう意味なのか自分でもわからなかった。

ヨーレンにはそうでもなかったらしい。

「ありがとよ——じゃな」

最後まで達者な日本語であった。

彼が戸口を抜けてから、受付のスタッフが現われて、ヨーレンのフルネームを真吾に告げた。

2

その晩のことである。

明日の退院に興奮しながらテレビを見ていたみだいの下《もと》に、メフィストが現われた。

あわててTVを消して招き入れると、白い院長は妙なことを訊いた。

「TVでは何をやっていたのかね？」

「え？」

〈生きている伝説〉ともいうべき院長も、ヴァラエティに興味があるのかと思った。

「〝志村《しむら》ゲンのアホ殿様〟ですけど」

口にしたくなかった。

メフィストは微笑した。

「失礼」

「あ⁉」

リモコンのランプが点《とも》り、３ＤＴＶのスクリーンが電子の集積したタレントたちを３Ｄ再生した。

チョン髷白塗《まげしろぬ》りのアホ殿様が、腰元に扮《ふん》した女性タレントの裾《すそ》をめくるところだった。

二人の眼前《がんぜん》で、等身大の美女の太腿《ふともも》が大胆にさらされた。

「いやあん」

腰元がわざとらしい嬌声《きょうせい》を上げながら、殿様の頬《ほお》を張った。

一瞬遅れて、

「きゃあ⁉」

みだいが後じさり、壁に背を打ちつけた。

のけぞった殿様の姿が突如《とつじょ》、唐紅《からべに》に白斑《はくはん》を散らしたような妖物と化したのだ。

その顔だけはアホ殿のまま、そ、それは立ちすくむ腰元の白い首すじに食らいついた。

実体としか思えぬ悲鳴が上がり、血がとび散った。

妖物が離れ、女性タレントはみだいのベッドの前に仰向《あおむ》けに倒れた。眼を剝《む》いたその表情に、みだいは凍りついた。

妖物が血まみれの顔を新しい獲物に向けて喉《のど》をごろつかせた。

躍《おど》りかかった。

「消えろ！」

突如、恐怖が去ったことにみだいは気がついた。

妖物は正しく消えていた。腰元の姿もない。

メフィストは静かにみだいを見つめた。

しゃくり上げている。〈区民〉といえど、本質的には普通人と変わらない。突如の恐怖に精神の基幹部がゆらいでしまったのだ。

その額《ひたい》にメフィストが人さし指を当てた。

息をひとつ吐いて、みだいは平穏《へいおん》な状態に戻った。

「――今のは？」

尋《たず》ねる声にも乱れはない。

「君が消した」

とメフィストは静かに言った。それにしか関心がないとでもいうように。

「あの――あの腰元――あの顔……」

みだいは呻《うめ》いた。メフィストが指摘してくれないものかと思ったが、白い医師は蒼《あお》い沈黙を守っていた。

自分で認めるしかなかった。

――あたしだった
「ドクター、あたし、退院してもいいんでしょうか？」

もっとも切実な問いが口を衝《つ》いた。

「問題はない」

白い医師は答えた。

「どうして、TVを点《つ》けたんです？」

すべてはそこからはじまったのだ。

メフィストは答える代わりに、白い用紙をテーブルに置いた。

「処方箋《しょほうせん》だ。下で調剤してもらいたまえ」

「あんなことがあったら――怖《こわ》くて眠れません」

「心配はいらん」

声と同時に白い指が、また額をついた。

白い花のように倒れたみだいを寝かせ、メフィストは部屋を出た。

廊下を一〇歩ほど進んでふり向いた。

みだいの部屋の前に、小柄な娘が立っていた。

寒地《かんじ》志麻であった。こちらを見つめている。両眼には敵意が燃えていた。

メフィストは黙って歩《ほ》を進めた。

今度は五歩でふり向いた。

水垣真吾が立っていた。

メフィストを見る眼は、志麻と同じ色で埋まっていた。

「若人《わこうど》をつなぐ絆《きずな》は蒼穹《そうきゅう》ならぬ憎しみか」

メフィストは歩き去った。

患者を守るのが医師ではないのか。すると、神《じん》城寺《じょうじ》みだいを退院させようとする白い医師は何者なのか？

誰も知らぬ廊下を通って、院長室へ戻った。

「神城寺みだいは帰宅させます。よろしいでしょうか？」

「よい」

陽気な声とともに、黒檀《こくたん》のデスクの真ん中から禿《とく》頭《とう》の老人が、発条《ばね》仕掛けの人形みたいにとび出した。

ドクトル・ファウストである。

「よくやった。我が愛弟子《まなでし》よ。だが、これで終わりという訳《わけ》にはいかんぞ」

「承知しております。ですが――」

「患者を治療途中で追い出すのは、ドクター・メフィストの倫理に反するか」

「追い出すという言葉は訂正していただきます」

「よし。途中帰宅」

「結構です」

白い美貌《びぼう》が丸顔を見つめた。それに何を感じたか、ドクター・メフィストの師は生唾《なまつば》を呑《の》みこんだ。

「これ以上、嘴《くちばし》をはさまないでいただきます」

「そこを何とか頼む。わしはアギーレと決着をつけねばならん。なのに奴は尻尾《しっぽ》を巻いて行方をくらましよった」

「彼を見つけるために、私の患者を利用されては困ります。神城寺みだいはなお入院治療が必要です」

「そこを何とか――いや、感謝するぞ」

「三日間だけですぞ」

「わかった、わかった。いやあ、助かる。この通りだ」

両手をついて頭を下げる姿は、医師に感謝する商店のおっさんとしか思えない。その姿が机から一〇センチ浮いていなければ。

「アギーレも妖獣も動き出しています。こんな手を打たなくても、ドクトルの前に現われると思いますが」

「ところがなかなか」

おっさんは、借金の言い訳をするみたいに頭を掻《か》いた。指は滑《すべ》った。

翌日、みだいは病院を出て家へ戻った。

約束どおり真吾と志麻が家まで送ってくれた。上がってと誘ったが、どちらも学校《ガッコ》行くと去った。

みだいは部屋へ入ると、鍵をかけ、ベッドに横たわった。

自分の身に何かが起こりつつある。

それは確実な予感だった。

黒い渦《うず》が巻いている。その中心に自分がいた。渦の中を見れば、奇妙な妖物や屍衣《しい》をまとった死者たちが、軽《かろ》やかに巡《めぐ》りながら手招いてくる。早くおいで、仲間におなり、と。

「嫌」

みだいは鳩尾《みぞおち》を押さえた。

ふっと気持ちが和《やわ》らいだ。

病院を去る少し前、白い院長がやって来て、

「これを服《の》みたまえ」

と三粒の糖衣錠《とういじょう》を、みだいの手の平に乗せた。

何かな、と思ったが、慌《あわ》ただしい最中で服用するしかできなかった。ドクター・メフィストのすることだ。間違いはないと思うしかなかった。

入院中は、近所のヘルパー・オフィスから三日に一度掃除に来てもらっていたせいで、屋内は出て行く前より清潔であった。ガスも電気も水道も大丈夫だ。

本棚に飾った水晶の置時計が眼に入った。昼まで一時間以上ある。

「行こう！」

と跳ね起きた。

世界は光に満ちていた。

校門をくぐったのは昼少し前だった。

みだいのクラスは二階の真ん中。こちらに面している。

すぐに誰かが見つけた。窓が開いて拍手が湧き上がった。

「あ、どーも」

片手を上げて応じながら、みだいは得意満面であった。

校舎の玄関へ入った。背骨の真ん中に冷たいものが生じた。

ふり返った。

正門のところに紫色の長衣の男が立っていた。

――こいつか⁉

違う。志麻は兵隊さんだと言ってた。別人だ。あたしが登校するのを知って来たの？

すぐに眼をそらしたが、鳥のような細い眼と血のように紅《あか》い瞳、灰色の絵具を塗りたくったような肌の色は眼に灼《や》きついた。

悪寒《おかん》がふくれ上がり、全身が震《ふる》えた。

すうっと身体が、後退した。

「招《よ》ばれてるぞ、神城寺くん！」

誰かが叫んだ。クラスメートの塚本《つかもと》だと思った。

早く逃げろ、という声に混じって、

「いま先生が行く。待ってろ！」

担任の鮎川《あゆかわ》先生だ。みだいも玄関へと走った。

それなのに、身体は滑《なめ》らかに後方へ引かれていく。

——やだ、助けて
恐怖と絶望が腹腔《ふくこう》内でふくれた。その中心に灼熱《しゃくねつ》の一点が生じた。

それが消えた瞬間、みだいは身体を折って両膝《りょうひざ》をついている自分に気がついた。

身体中の不安は夢のように消えていた。

正門の前に、紫の姿はなかった。

「大丈夫か、神城寺？」

鮎川教諭だった。

正門へ鋭い眼を向けて、

「あいつ——急に消えてしまったが、魔道士か？」

「わかりません」

みだいは嗄《しわが》れた声を出した。老婆《ろうば》になったような気がした。しかし、体調は抜群《ばつぐん》だ。

「二、三年前にはおかしな連中がよく来たもんだ。ここのグラウンドが、何かを招くにはもってこいだと言ってな。また始まったのか」

いいえ、とみだいは胸の中で首をふった。あいつは私を狙《ねら》っているのよ。

小さな黒い渦が生じ、すぐに消えた。驚くべき精神の強靭《きょうじん》さであった。まるで、自分ではないような。

「あいつ、消えるとき苦しそうだったぞ。誰かが助けてくれたんじゃないのか？」

怪訝《けげん》そうに見つめられ、みだいは、いいえと答えた。ふと、あの糖衣錠かと閃いた。

「とにかく、入れ。みんな、おまえを待ってたんだ」

二人は戸口をくぐった。

階段を駆け昇っていく人影が、ちらと眼に入った。

真吾かも知れないと思った。

教室へ入ると、あたたかい眼差《まなざ》しと口笛と拍手が迎えた。

「あーどーもどーも」

照れ隠しをしながら席に着いた。

病院を出るまではあんなに重暗かったのに、この気分の良さは何だろう。みだいは鳩尾を押さえた。

席に着くや、前後左右から、

「無事だったねえ」

「待ってたよン」

「結婚してくれ」

「ホントは精神科だろ」

みな祝ってくれている。みだいは胸が熱くなった。志麻と真吾が笑顔を向けている。

椅子《いす》にかけて、教科書を机に入れようと鞄《かばん》から取り出した。

「ひっ⁉」

声になったかどうかはわからない。

机の中から紫の影が煙のように立ち昇るや、みだいの手首をぐいと摑んだのだ。

手は机の中から出ていた。そして、強引にみだいを引きずり込もうとする。

「助けて」

抗《あらが》いながら叫んだ。

それでも引きずり込まれていく。

クラスは静まり返っている。みな術にかけられたか、それともここは別の世界なのか。

急激に力が加わった。

「きゃっ⁉」

肩まで入った。

上を見た。

影が笑っている。血走った眼、灰色の肌――さっきのあいつだ⁉

「嫌あ⁉」

と叫んだ。

ふっと手首の圧搾《あっさく》が消えた。

「どうしたんだ？」

と真吾がとんで来た。クラス中がこちらを見つめている。

「いまの——見なかった？」

訊いても無駄とわかっていた。彼らには別の光景が映っていたに違いない。

「あいつ？　さっき正門のところにいたよ。前に志麻が見たっていう兵隊さんみたいな男？」

「違う。別ものだ」

真吾はかぶりをふった。

「じゃあ、何よ？」

「おれにわかるわけねえだろ。おまえ、心当たりはないのか？」

「全然」

「じゃあ、当人に訊くしかねえな。今度出て来たら、とっ捕まえてやる」

「無理よ」

低い声が床を這って来た。

まず真吾の、次がみだい、それから全員の眼が、みだいの席の二つ前に、俯《うつむ》き加減ですわったままの寒地志麻を見た。

「あいつ」

顔を歪《ゆが》める真吾を無視して、

「君じゃどうにもならないよ。いまの奴はとんでもない化物なんだ」

「志麻——あんた見えたの⁉」

「見えただけじゃない。あいつの力もわかっちゃった。水垣君が粋《いき》がってどうなる相手じゃないんだ。みだい、あんた学校に来ちゃ駄目だ。みんなが危《やば》い目に遭《あ》うよ」

「よしてよ、志麻。どうしてあんたに——」

「わかるのよ、なぜか、ね」

陰気な級友は、いつものとおり陰々滅々《いんいんめつめつ》と口にし

た。

とりあえず終わりだという風《ふう》に、昼休みの終了を告げるベルが鳴った。

3

〈歌舞伎町〉に点在する廃墟《はいきょ》のひとつであった。

もとは民間の魔法研究所で、〈魔震〉による崩壊後も様々な怪異が生じるという。原因はまだ廃墟内に残存する魔法薬や魔法具が〈魔震〉の妖気に触《ふ》れて活性化したためだ。

今日の午後もまた。一〇〇坪《つぼ》ほどの何処かから、七彩《しちさい》の火花混じりの黒煙が立ち昇っているためか、KEEP　OUT（立ち入り禁止）の札《ふだ》がかかった鉄条網《てつじょうもう》の周囲には、観光客が並んでいた。

せわしないシャッター音もざわめきもここまで通らない廃墟の中央にあたる瓦礫《がれき》の中で、二つの影が向かい合っていた。

「どうでした？」

と訊いたのは、ベレー帽にグリーンベレーのコートを身につけた巨漢――ガルテン・ヨーレンであった。

その向こうで、薄闇の中の闇のようにうずくまっている紫の長衣は、アギーレ・バブチュスカ――ドクトル・ファウストに火傷《やけど》を負わせた魔道士だ。

「厄介な相手だ」

とアギーレは言った。難しい声である。

「あの娘ではないぞ――いや……」

と闇色の指を組み合わせて、

「あの娘――強力な護衛がついておる。外からはパワーの格が摑めんほどのな」

「摑めないとは――あのみだいという娘のパワーですか？　それとも――」

「護衛役の方だ」

「一体、どんな？」

「ドクター・メフィスト」

「やはり」

「これははっきりしている。問題はもう片方」

「メフィストと比肩《ひけん》するほどの？」

「そうだ」

「これは――恐れ入りました。で、そのガードは誰です？」

「そこはまだわからん。後はおまえに任せる」

「わかりました。では、指示どおり、私がメフィストの生命を」

「出来るか？　あれはドクトル・ファウストの一番弟子だぞ」

「私も世界一のテロリストと自負しておりますが」

「では、契約どおり」

「お任せを」

ヨーレンは、にんまりと唇を歪めた。

世界一のテロリストなら〈魔界医師〉も討《う》てるか？　あり得ない。ヨーレンも充分にわきまえているはずだ。それをこの絶大な自信に満ちた笑いの理由《わけ》は？

「では、おまえに新しい血を授《さず》けよう。ドクトル・ファウストでさえ、一敗地にまみれさせたアギーレ・バブチュスカの血をな」

魔道士は右手を突き出した。

三〇センチもありそうな鉤爪《かぎづめ》がのびた青白い手であった。

何が起きるか、ヨーレンは具体的な事実を知らないようであった。五本の鉤爪がコートの上から胸に当てられたとき、テロリストは浅黒い顔を歪め、それが一気に胸中《きょうちゅう》へめりこんだ瞬間、苦痛と驚愕《きょうがく》の表情でのけぞった。

爪は根元まで肉の中に沈み、一気に引き抜かれた。それには血まみれの心臓が握られていた。

血管もちぎれている。しかし、その切り口から血はこぼれず、心臓はなおも膨縮《ぼうしゅく》を繰り返しているではないか。何よりも、生命の素《もと》を奪い取られたヨーレン自身が、痛みも忘れた呆然たる眼で、それを見つめている。

　アギーレは次に左手を持ち上げると、自分の左胸に爪を当てた。そして全く同一の過程を辿《たど》って、自らの心臓を取り出したのである。

「おまえはわしに、わしはおまえになる――ほんのひとときな」

　そして、アギーレは右手のヨーレンの心臓を自らの左胸に押し込み、左手の自らの心臓をヨーレンの胸に収めてのけたのだ。

　テロリストは眼を閉じた。その顔を歪めた苦痛の表情は、他者の生命を自らに順応させるための儀式だろうか。

　瓦礫の外から複数の足音が近づいて来たのはそのときだ。

　ひとつしかない戸口から、顔を覗《のぞ》かせたのは、いかにも暴力団といった面構《つらがま》えの男たちであった。

「おい、こんなところで何してやがる?」

「とっとと出て行け」

と凄《すご》みを利《き》かせるのへ、

「何の用だね?」

　アギーレは静かに訊いた。

「ここは、うちの縄張《シマ》なんだよ、おっさんたち。あちこちにお宝が隠してあるんだ。それだけ言やわかるだろ?　とっとと出て行きな。ねぐらなら他にいくらもあるだろう」

「廃墟荒らしか」

とヨーレンが吐き捨てた。

「蛆虫《うじむし》め」

「何だと、この野郎」

　いちばん凶暴そうな面構えの男が前へ出た。手にブラックジャックを提げている。

「下手に出りゃあつけ上がりやがって。おい、宿無しども、とっとと――」

　男はヨーレンがバッグを開くのを見ていた。

　武器でも出す気かなと思いはしたが、この人数で、しかも完全武装だ。護衛用の妖物もいる。

だから、まさか、いきなり呑みこまれるとは思ってもみなかった。

周りの連中は、男の靴が黒いものに吸いこまれるのを目撃しただけである。それはヨーレンのバッグから出現した。

「化物だ。こっちも出せ！」

ひとりが背広の内側から超小型ＳＭＧ――を抜きながら叫んだ。そして、一・五ミリ口径の弾丸三〇〇発を射ちきる前に呑みこまれた。

戸口の方へ後じさりしながら、別の男が腰につけていた銀色のボックスの蓋《ふた》を開けた。

そこから出現したのは形を伴《ともな》わぬ灰色の影であった。空中に立ち昇る霧のようなそれを、黒いものが呑みこんだ。

それはバッグへ戻った。ヨーレンがにやりと笑った。

突然、バッグは内側から吹きとんだ。

「ざまあみろ。これが〈新宿〉の化物さ」

とボックスの男が手を叩《たた》いた。

「そっちは手詰まりか。こっちはもう一匹いるぜ」

ボックスの蓋は二つあった。

残りが開いた。

同じ灰色の影が彗星《すいせい》のように魔道士とテロリストへ走った。

爆発したバッグの跡に、黒い物体がうずくまっていた。

それが孔雀《くじゃく》の羽根のように開いたのだ。彗星はそれに激突した。薄い箔《はく》のように見えて鋼鉄を凌《しの》ぐ強度を持つ物質、いや、生物であった。

暴力団の妖物はつぶれた。しかし、落下はせずに霧状に広がって壁状生物の縁《ふち》から向こう側へ押し寄せた。

黄色い壁がかがやいた。

数千度の熱が室内に生じた。それが敵と味方の面《めん》貌《ぼう》を灼いたとき、霧状の妖物は跡形もなかった。

「危ねえ――逃げろ」

残った三人がＳＭＧを乱射しながら戸口へと走った。

壁が天地に広がり、弾丸はことごとく地に落ちた。

身を翻《ひるがえ》した男たちへ、ヨーレンの右手が上がった。二〇センチほどのナイフ――柄《え》のない刃《やいば》のみが貼りついている。

空気を灼いて走るや、心臓を貫《つらぬ》かれたひとりがのけぞった。

残る二人は外へ――

ヨーレンはもう一度、投げた。

刃は壁に入った細い亀裂《きれつ》を抜けて、正しくその向こうを疾走するひとりのうなじから喉《のど》までを貫いた。

「もうひとりは逃げたか。まあ、いいだろう」

ヨーレンは右手の三枚目をコートに収めて、

「そろそろここも転居せざるを得ませんな」

とアギーレの方を見たが、

「おやおや」

稀代《きたい》の魔道士の姿は何処にも見えなかった。

メフィスト院長の仕事は院内に留《とど》まらない。往診も重要な職務のひとつである。

その日、五〇軒を廻った後、メフィストは〈左門《さもん》町《ちょう》〉へリムジンを走らせた。最後の一軒だ。路地の端《はし》に、ひっそりと、

「バー紫音《しおん》」

の看板が点っていた。

二度ほど病院へ運ばれて来たママは、どちらも妖物の憑依《ひょうい》とみなされていた。その場で取り除いたが、憑《つ》かれ体質らしく、今回がいちばんしんどいという。往診を頼んだ理由は、外出しようとすると事故に見舞われるからだ。

家はバーの二階にある。横の通路へ入りかけたとき、店のドアが開いた。

「遅かったわ。ドクター」

とママは涙を流しながら言った。

ネグリジェ姿は三〇センチほど宙に浮いていた。

後じさる彼女を追って、メフィストも店内へ入った。

背後でドアが閉まり、鍵《ロック》がかかった。

一〇坪ほどの店である。

店内にはオレンジの光が満ちていた。カウンターはあるが、テーブルと椅子はない。片づけられたのではあるまい。

「憑依霊ではないな」

とメフィストは言った。

「姿を現わせ」

その口から糸のような息が吐かれると、ママの背後に、その腰を摑んで持ち上げている巨軀《きょく》が浮かび上がった。

英軍のベレー帽にグリーンベレーのコート。誰かは言うまでもない。

「まだ入院を希望するかね？」

メフィストの問いに、ヨーレンは厳しい表情で、

「悪いが消えてもらおう」

「ほお、出来るか？」

この問いはメフィストにしては珍しい。彼もまた闘《や》る気なのだ。

ヨーレンの手からママが離れた。降下はしない。足を動かしもせずに、滑るようにメフィストの前へ来た。

ネグリジェが落ちた。

現われた裸身《らしん》は奇怪な瘤《こぶ》に覆われていた。

直径一〇センチから一センチもない隆起《りゅうき》のそれぞれに眼鼻と口がついているのだった。

「よお、ドクター」

そいつらは、一斉《いっせい》に小さな口をパクつかせた。

第四章　検定試験

1

「人面疽《じんめんそ》か。ありふれた症状だぞ」

冷ややかな声に、ママは凍りつき、背後のヨーレンは白い歯を見せた。

「おれもそう思う。だが、今回は特別だ。ひとつでもつぶしてみな」

挑戦とも取れる言辞《げんじ》であった。

メフィストは前へ出るや、右手をのばした。

その指先にいつメスが握られたのか、ヨーレンにも知ることは出来なかった。

刃先は真っすぐ、ママの額を埋めた人面疽のひとつの口腔《こうこう》に吸いこまれ、ぼんのくぼまで抜けた。

くえ、と小さく鳴いて、それは眼を閉じた。他の人面疽が一斉にざわめいた。

メスは抜かれた。

すると、人面疽の眼が開いたのである。

人面疽たちが一斉に哄笑《こうしょう》を放《はな》った。

「どうした、メフィスト——腫物《できもの》ひとつ切除できんのか」

ヨーレンが自信満々の笑い顔になった。

「おれはある魔道士から、その持つ力を伝授された。おまえの師に火傷を負わせたと言っていたぞ。その言《げん》や良し。大した力の持ち主だった。そして、おれもいま奴と同じだ。消えてもらおう」

「アギーレ・バブチュスカ」

とメフィストは言った。

「彼と師との関係は知らぬ。なぜ、この件に関わりを持つのかもな。今の私にわかることはただひとつ
——未熟者めが」

静かな医師の言葉に、世界最高のテロリストは凍りついた。

ママの全身を覆う数千の腫物《しゅもつ》たちも息を呑んだ。

「我がメスさばき——結果はこうだ」

メフィストの足下で軽い音がした。爪先《つまさき》で床を叩

いたのである。

ママの全身は朱《あけ》に染まった。

数千本の朱の帯がしたたり落ちる。それは人面疽の口から垂れていた。すべて腫物の血であった。

もうひとつ、床が鳴った。

かっと見開かれたガルテン・ヨーレンの眼の中で、息絶えた人面疽はぼろぼろとママの身体を離れて床に落ちた。ことごとく黄色い膿汁《のうじゅう》を撒《ま》き散らしてつぶれた。

「アギーレ・バブチュスカ――この技倆《うで》を見る限り、我が師に痛打を浴びせたとは到底思えぬな。その血がおまえの体内を流れるならば訊こう。彼奴《きゃつ》が神城寺みだいの件に首を突っこんで来たその理由《わけ》は？」

その声自体が白銀のメスでもあるかのように、ヨーレンは苦痛の表情を浮かべた。

浮かべながら、彼は手もとのバッグを開いた。

「おれは、三匹の妖物を連れて、この街へと来た。どれ一匹取っても、〈魔界都市〉の化物におさおさひけは取らんぞ。一匹は斃《たお》され、二匹目は治療を待っている。おまえの相手は三匹目だ」

バッグから光るものが溢《あふ》れ出した。

それは無数の粒子から出来た霞《かすみ》か靄《もや》を思わせた。霞には色彩《いろ》がついていた。紅、紺青《こんじょう》、山吹《やまぶき》、淡紫《うすむらさき》etc. etc. そのすべてが自らきらきらとかがやきながら、結びつき、触れ合い、離れ、また重なって、みるみる白い医師の全身を押し包んだ。医師の美しさに嫉妬《しっと》した色彩たちの異議申し立てのように見えた。

「行け」

凄《すさ》まじい衝撃がメフィストの全身を叩きつけた。

霞の生んだ衝撃波は、彼の美貌を崩しはしなかった。表面には何の異常も発生しないのである。だが、体内で、衝撃波は狂気のごとく荒れ狂った。内臓はちぎれ、骨は砕け、一瞬でミキサーにかけられた果実のごとき惨状《さんじょう》を呈《てい》する――それが第三の妖物の力であった。

「イスラエルで一〇〇階建てのビルが崩壊したのを覚えているか。あれはこいつの仕業《しわざ》よ。ドクター・メフィスト、その美貌は月までも届くだろうが、中身はビルに匹敵するか」

まばゆい霞は震えた。二度——三度——。

「もう良かろう。イスラエルのビルも一回でつぶれた」

こう言ったのは、一〇度の震動の後である。ヨーレンはバッグをひとつ叩いた。霞は意識するもののように一本のすじとなって、その内側《なか》へ吸いこまれた。

後にはメフィストが立っている。

眼を閉じただけで、外見の美しさには何の変化もない。

だが、彼は倒れた。

膝が崩れるや、上体は二度前後に揺れ、それから仰向けに床に倒れた。伝説を傷つけるような不様《ぶざま》な倒れ方であった。

美貌が崩れた。衝撃のせいだけとは思えぬ醜悪《しゅうあく》な崩れぶりであった。眼球は沈み、鼻はつぶれて口と鼻と耳から血と脳漿《のうしょう》が溢れ出した。

ヨーレンは露骨に顔をしかめて、

「確かに、この世ならぬ美貌だが、つぶされちまやざまあねえ。悪かったなママ。始末してくれや」

カウンターに万札を何枚か置いて、ヨーレンはバッグを手に戸口へと歩き出した。

ママは突っ立ったままである。人面疽の巣となった時の記憶はきれいにとんで、前後をつなぐ精神力もなく、始末と言われても為《な》す術《すべ》がなかった。

立ち尽くすそのかたわら——カウンターの方から、低い含み笑いが起こった。

ぼんやりとこちらを向いた眼が、突如、大きく見開かれた。

カウンターの表面に、人間の顔が乗っているのである。禿頭の——とても人品卑《じんぴんいや》しからずとはいえぬニヤニヤ笑いを浮かべたその顔は、ドクトル・ファウストのものであった。

　半開きの口から、小さく、あああと洩らすママの眼前で、カウンターは小柄な肩や胸や鳩尾や太腿を吐き、ついにひとりの老人が完成したのである。

　彼はひょいとメフィストのかたわらに下りるや、革袋となったその額に手を当てた。

「よっしゃ」

　とうなずいた。

「完全にダメじゃな。こら治しようがない。大事な弟子じゃったが――ま、後はよろしく頼む」

　ママの肩を叩いて出て行った。

　しばらくして、

「何なのよ、一体?」

　妙にしっかりしたママの声が、店内を流れた。

　みだいは、一日中すっきりしない思いで帰宅した。

　正門の人影と机の中から出て来た影のせいである。

　何故《なぜ》、あんな妙な奴が自分につきまとうのか、さっぱりわからないのが最大の不安だ。何かやらかしたかと記憶を辿っても、思い当たる節はない。

　隣りで彼女を見つめる真吾も、ずっと硬い表情のままだ。

　みだいの足が止まった。

　いきなり絶叫した。

「あ～～～～」

　幸い、〈第一級安全地帯《セフティ・ゾーン》〉の〈高田馬場《たかだのばば》〉住宅街でも、この程度の叫びで驚いたり、とび出したりする住人はいない。こんな時分に出歩く連中は防禦《ぼうぎょ》手段を整えていて当然なのだ。

　二人の帰宅が遅れたのは、〈ドラッグ・ガーデン〉に寄って来たからである。志麻もいたが、気分が悪くなったからと先に帰った。

「ああ、すっきりした。少し気分悪かったんだ。強いの喫《や》っちゃったからさ」

「ああ。心配してた。あれ以上喫《や》ったら、幻象界《げんしょう》へトリップしちまうぞ」

「病院行きなんて真っ平よ。カッコ悪い」

〈新宿〉には幻覚剤に関するしばりがない。麻薬は〈区外〉以上に厳しいが、さして害のない幻覚剤には大甘で、年少者向けの〈幻覚剤吸引ショップ〉など幾《いく》らもある。こういう店では大概《たいがい》、吸引所も兼ねている。いわゆる〈ドラッグ・ガーデン〉だ。憂《う》さ晴らしにはもって来いだから、小中高と利用者が多く、前世の記憶に目覚めた小学生が、そのとき恋人だったという、八〇近い店員の婆《ばあ》さんを口説《くど》いたりしているし、かと思えば潜在的な超能力を解放した少女が、奇怪な怪物を口から吐き出して、みなをどん引きさせている。

「でも、なんかおかしいんだよねえ」

みだいは首を傾《かし》げて、しばらく黙々《もくもく》と歩きつづけた。

先に真吾が耐えられなくなった。

「——何がだよ？」

その声に含まれた誠実さが、みだいの返事を導《みちび》き出したのかも知れない。

「——何だか、別の自分を見ちゃったような気がしてさ」

「別の自分？　何だい、そりゃ？　前世ってことか？　それとも二重存在《ドッペルゲンガー》？　ジキルとハイド？」

「わからない。でも、とにかく別の私だったのよ」

「なら、明日、もう一度行ってみようや。あれより強い薬を服《や》ってみればわかるぜ」

「いいの？」

みだいは、ようやく真吾の方を向いた。

「化物かも知れないいんだよ」

「いいさ」

真吾はあっさりと言った。声は弾んでいた。

「みだいの化物でも何でも、おれが守ってやるよ」

「うわあ、感動——ねえ、泊まってく？」

「やった」

真吾は拳をふり下ろして、それから笑い出した。

みだいは何処か哀《かな》しそうに彼を見て、急に表情を変えた。

路上である。左右は建売住宅が並んでいる。どれにも明りが点っている。笑い声が洩れてくる家もある。この曲はR《リズム》＆B《ブルース》か。

その道路の真ん中――みだいの三メートルほど前方の地点に、黒いものが盛り上がりつつあった。

「ちょっと――何よ、あれ？」

真吾は気づいた。みだいを庇《かば》うように前へ出た。

ブレザーのボタンを外して、腰の後ろに装着したワルサーの銃把《グリップ》を摑む。

安全装置《サム・セフティ》を外せば、後は引金《トリガー》を引くだけで発射OKだ。いよいよ来たかと思った。恐怖よりも闘争心が胸をふくらませる。

背後で、みだいがひっ、と息を引いた。

「後ろにもいるう」

いや、右にも左にも、黒い海坊主のような形が浮かび上がりつつあった。

「なんで、あたしにばっかり起こるのよ。このタコ！」

確かにそう見える。

真吾はワルサーを抜いた。鞄を下ろして両手で握りしめる。

黒いタコ坊主の真ん中に大きな眼が開いた。

「ひとつ目小僧かよ」

真吾がつぶやいた。

路上に浮かび上がった目は七つ――突然、光った。

反射的に閉じた瞼《まぶた》の奥で、白光《はっこう》が広がった。

「眼醒《めざ》めろ」

重い男の声が、そのとき脳裡《のうり》に響《ひび》いた。

「眼醒めろ――スザーサ」

「誰よ、それ？」

みだいは眼を閉じたまま応じた。不思議《ふしぎ》と恐怖はなかった。

「我々が必要としているおまえの名だ」

と声は続けた。

「眼醒めろ――さもなくば、そのための手段を取らねばならん」

「眼醒めろって、どうやるのよ？」

「――ふむ、七〇〇〇年の歴史の重みはそれなりのものだな。やむを得ん。一緒に来い」

「やーだ」

あかんべでもしてやろうと思ったが、手は動かなかった。

誰かが背中を押した。

身体は抵抗もなく前進した。

「何処へ連れてくつもり？」

「訓練場だ」

「何を訓練するのよ？」

「おまえの本質だ」

「何よ、それ？」

「行け」

冷たいものが後頭部に触れて、みだいは意識を失った。

2

同じ刺激が額から全身を走り抜けた。

みだいは両眼を開いた。驚いたことに立っている。

周囲は――また驚いた。何もない。無人の土地だ。黒土が何処までも広がっていた。

光が降り注いでいるが、陽光とは思えなかった。かがやきが不自然だ。

「ここは――何処よ？」

恐怖に近い感情が湧きはじめ、同時に気づいた。

「水垣君⁉」

「ここにいる」

今度は頭の中ではなく、天上からの声であった。

ここと は何処か？――みだいにはすぐわかった。

右方に眼をやった。

一〇メートルほど向こうに真吾が立っていた。

右手に拳銃。

お互いに走り寄ろうとしたが、足は動かなかった。

「時間がない。訓練はハードだぞ」

「ちょっと――何するつもりよ？」

答えは、すぐにわかった。

みだいの眼前――これも一〇メートルほどに、あのひとつ目のタコ頭がいた。

今度は全身を抜け出したらしく、頭の下はおびただしい蛇ともミミズともつかぬ触手《しょくしゅ》が、うようよ蠢《うごめ》いていた。

「安心しろ。おまえを襲いはせん――あいつが狙うのは、ボーイフレンドだ」

「えーっ⁉」

みだいの脳天から足の裏まで、戦慄《せんりつ》の稲妻《いなずま》が走り抜けた。

真吾も呆然たる表情だ。

「卑怯《ひきょう》な真似《まね》しないでよ。彼、関係ないじゃん」

「そうかも知れんが、場合が場合だ。役に立ってもらわなくてはな。使える者は死人でも使え、だ」

「どうする気よ？」

「あの生物に彼を襲わせる。それを防いでみろ」

「あたしが？」

「他にいるか？」

「そうだけど――ちょっと待ってよ。そんなにまでして、私に何の訓練させたい訳？　何に眼醒めんのよ？」

「〈操獣師〉だ」

「そうじゅうし？　パイロット？」

「違う。獣を操《あやつ》る者だ」

さすがにみだいは頭の中が白くなった。

獣を操る――何だそれ？

「とにかく一刻も早い方が良い。事情は後でゆっくり話してやろう」

眼の前のタコが、不気味な触手を波打たせつつ前進を開始した。真吾の方へ。

真吾もワルサーを構えた。

怪異との距離が半分になったとき、真吾は引金を引いた。三発。

タコの眼がつぶれ、あと二発も一センチと離れていない顔面に集中する。

タコの前進は止まらなかった。弾痕がみるみる消えて行く。

さらに三発射ちこんだが、同じ結果だった。真吾の顔が恐怖に歪む。

「やめなってば。助けて！」

みだいの叫びに返事はもうなかった。

身動きならぬ真吾の手前三メートルのところから、ざわざわと触手が地を這うように、風に乗るようにのびて、数本がその脚に巻きついた。どんな苦痛が襲ったものか、大きくのけぞった真吾の顔は白眼を剝いている。

「やめろお！」

骨の髄《ずい》から声が弾《はじ》けた。

怪物の動きが止まった。肺呼吸でもするかのように頭部を何度か膨縮し、急にしぼんだ。

ひと目で死んだとわかった。

「ほら、やったわよ。あいつ、あたしの命令を聞いたわ。これでいいんでしょ？　早く彼を解放して」

応答はあった。

「いいや――これは違う」

「違う？　何がよ？」

「おまえはまだ覚醒していない。これは――あい、あいつがしたことだ」

「あいつって――水垣君？」

「他にいるか。まさか、あいつ」

虚《うつ》ろな響きが、急に理性を取り戻した。

「――いや、間違いない。あいつも――」

真吾がこちらを向いた。

「みだい――助けるぞ」

ワルサーが火を吐いた。

弾丸はみだいの頭上を狙った。

突如、世界が一変した。

軽いめまいを感じて、みだいはうずくまった。

すぐに立ち上がった。

鞄とワルサーを手にした真吾が駆け寄ってくるところだった。

広いアスファルトの道。左右に建ち並ぶ平凡な住宅群。窓に点る明り。

ここは〈高田馬場〉の、住宅街だった。

「大丈夫か、みだい？」

真吾は血相を変えている。夢だとしても同じ夢を見たらしい。

「――大丈夫。ねえ、あれ、夢？」

周囲を見廻しながら訊いた。

「いいや。ワルサーが熱い。射ったのは間違いない」

「術にかかったのかしら？」

「多分――大丈夫なら、行こうや」

「うん」

二人は肩を並べて歩き出した。真吾はワルサーを握った右手をブレザーの下に入れてあった。

胸の中に最も重くぶら下がっているものを、みだいは言葉にしようとしなかった。真吾もそうだろうと思った。

〈操獣師〉とは何なのか？　それと――

二人を救った何か。

あいつとは――真吾のことか？

家に着くと、みだいは、

「入ってよ」

とドアを開けた。

真吾もためらわなかった。何度も上がりこんでゲームやら幻覚剤に時間を忘れた仲だ。陰気な志麻もいたけれど。

ダイニングに荷物を置き、みだいはシャワーを浴びた。妖物と声の主のおぞましさが、汚れとなってこびりついたような気がした。

着替えて戻ると、真吾が手を洗っていた。

「どうしたの？」

「火薬のカスがついたんだ。なかなか落ちねえ」

彼はぎょっとした。

みだいが身体を押しつけて来たからだ。それればかりか、両手を胸に巻いて来たではないか。

「おいおい」

「ありがと」

とみだいは言った。

「助けてくれて。ピストルまで使ってくれて」

「仕様がねえ。化物相手だ。しかし、最初は効かなかったのに、途中でばったり行きやがった。何だ、あれは？」

「後から効いたのよ。あなたは生命《いのち》の恩人」

「ははは」

真吾はタオルで手を拭いてから、みだいの手を摑んで引き離した。

それから、ふり向いて抱きしめた。

すべてはスムーズに進んだ。


「やだ、腿にマーク付いちゃった」

真吾がシャワー室から戻ってくると、ベッドのみだいが右脚《みぎあし》を上掛《うわが》けの下から持ち上げて見せた。

「悪い悪い」

「お尻に付けなかったでしょうね。だいぶご執心《しゅうしん》だったけど」

「ああ、大丈夫——と思う」

「このお」

蹴《け》り出した脚を素早くかわして、真吾はみだいの隣りに滑りこんだ。

乳房に手を乗せる。外《あや》見からは想像も出来ない豊かで張りのある乳は、妖しい熱と息づかいを手の平に伝えて来た。

「やめて。また感じちゃうじゃない」

「ははは」

ひとつキスをして、真吾は仰向けになった。

天井を見ながら、

「寒地のことなんだけどさ。あいつ、変なこと口走ったんだ」

「――どんな?」

緊張した声に、しまったと思ったが、もう遅い。何でもないと逃げても、みだいは追及してくるだろう。

チンピラたちの一件を丸ごと話すと、はたしてみだいは途轍《とてつ》もなく暗い表情になった。

「あたしがやったって言ったの? チンピラたちを殺したって?」

「そうだ」

もう後へは引けなかった。

「さっぱりわからないわ――みんなどうしちゃったの」

「おまえの前世だと思う」

「――やっぱり」

みだいは全身を弛緩《しかん》させた。

「何千年も前に、あたしは獣を操ってたんだ。そのときの力をもう一度使わせたがってる奴がいる。何のために?」

「〈操獣師〉は、超古代にだけあった職業だ。操った獣も、まともな連中は一頭もいない」

「ライオンも虎も行儀《ぎょうぎ》のよいお坊《ぼ》っちゃんなのね」

「そうだ。〝途方《とほう》もない獣たち〟としか出て来ない」

「いつ調べたのよ?」

みだいは彼の方へ向き直った。

「シャワーの後で、キッチンのPCを借りた。さすが〈新宿〉――魔術だのオカルトだののサイトは、資料面も充実してる。〈操獣師〉専門の魔道士の連絡先も出てた」

「…………」

「行ってみようや。こうしてるよりは為《ため》になるぞ」

「莫迦」

真吾に抱きついた瞬間に、はっとして、彼と同じ方へ眼をやった。天井に顔がひとつ浮かんでいた。

「志麻⁉」

みだいが呼ぶなり、消えた。真吾が起き上がった。

「一体なんだ、あいつ？ おれたちより、よっぽど怪しいぞ」

「どうしよう？」

みだいは混乱に身を沈めていた。〈操獣師〉の件なら、この街のしかるべき場所で何とかなりそうだ。しかし、友人となると、手のつけようがない。見知らぬ土地で、いきなり迷子になったようだ。

「メフィスト病院」

と真吾。

「いや、何だか話が大きくなりすぎるような気がする」

「もう充分大きい。何千年も前の〈操獣師〉だぜ」

「あたしひとりのレンジで収めたいんだ」

「もう――」

遅いよ、とは言えなかった。

「わかった。祖母ちゃんに訊いてみる。サイトよりはいい専門家を紹介してくれそうだ」

「お願い」

みだいは彼の首に抱きついた。

――厄介なことになった
真吾はつくづく思った。

――みだいも志麻もおかしいと来た。おまけに、おれだってわかりゃしない
不安と困惑《こんわく》が喉元まで上がって来た。

チャイムが鳴った。

「誰だよ、こんな時間に？」

「わかんない」

「志麻かな？」

「まさか」

みだいはベッドサイド・テーブル上の電話機を摑

んで、インターフォンにつないだ。

「どなたでしょうか？」

「メフィストです」

白いケープ姿が、玄関へと消えるのを、通りの反対側に建つ家の庭先から、志麻が見つめていた。

その眼から涙が落ちた。

「冷てえもんだな、え？」

背後で野太《のぶと》い声がかかっても、志麻はふり向かなかった。

「あの二人とドクター・メフィストか。これから大事な話らしいぜ。おめえだけ仲間外れだ。頭に来ねえか？」

「来るわ」

「解消法を教えてやるよ。一緒に来い」

と、ガルテン・ヨーレンは優しく少女の肩を抱いて、通りの方へ歩き出した。

3

不思議な現象が二人の高校生を捉《とら》えていた。

目もくらむ、どころか気が遠くなりそうな美貌に――美しさは確かにそのとおりなのだが――少しも緊張しないのだ。

白い天使が人間のダイニングに入って安物の椅子にかけている――どう考えても神の計算違いというか、場違いとミスマッチの極北《きょくほく》だが、誰もが陶然《とうぜん》とすると同時に得体の知れぬ恐怖で凍《こお》りつくと言われるこの医師が、少しも怖くないのであった。

「近くまで来たのでな」

とメフィストは言った。

退院した患者も気にしてくれるのかと、みだいは少し感激した。

居心地《いごこち》が悪そうだった真吾も、メフィストと眼が合った途端に、とろけてしまったから、ひょっとしたら催眠術か何かだったかも知れないが、みだいは、この医師の人間味《にんげんみ》だと感じた。

「静かな街だね」

とメフィストは言った。

そんなことないです、と言うところをみだいは呑み込んだ。

「学校も平穏だと聞いている」

とんでもない――それもストップをかけた。

なぜ打ち明けないのか、自分でもわからない。

「とても平凡な日々を送っています」

この返事にメフィストは微笑し、みだいは失神しかけた。

「それは結構だ」

「あのお」

と真吾が口をはさんだ。

「――今夜はどうして？」

それは、みだいも知りたいことだった。

「みだい――神城寺君の容態《ようだい》が気になったんですか？」

「とんでもない。退院した以上、その病《やま》いで悩むことは一生ない。院内で新たに発見された病巣《びょうそう》に関しても同じだ」

「じゃあ――」

「外で寒地君を見た」

「え？」

二人同時に放った。

「何かあったのかね？」

「いえ、その――何も」

「そうか」

メフィストは軽く流してしまった。

「とりあえず、私がしばらくお邪魔しよう」

「はあ？」

真吾が思いきり眼を見開いた。みだいも、きょとんとしている。何を言い出すのか、魔界医師よ。

「いや、しばらくお宅にいて、近づく魔を祓《はら》って進ぜる」

「魔、ですか？」

　みだいも眼を丸くした。

「そのとおり」

　メフィストはうなずいた。

「この家は〈新宿〉の魔という魔に狙われている。私が守る他はない」

「それは――願ったり叶《かな》ったりですけど、どうしてそんなことに？」

「それはわからん。ただ魔が狙っているのは確かだ」

「あの、志麻――寒地さんはどうなるんでしょうか？」

「任せておきたまえ」

「はあ」

「とにかく、私《わたし》用にひと部屋用意してくれたまえ。後《あと》のことは一切気にしなくてよろしい」

「はあ」


　とうなずいたものの、みだいは真吾と顔を見合わせた。

　今日はこれでとメフィストが去った後、

「やっぱりおかしいよね」

「おかしいなんてものじゃねえ。あれ、ホントにメフィスト先生かよ？」

　という話になって、明日、登校前に確かめに行くことに決まった。

　真吾が病院へ入り、すぐに戻って来た。

「院長先生は今日、休まれてますだってよ」

「理由は訊いたの？」

「ああ。ちゃんと教えてくれたけど――何だ、ありゃ」

「――何よ？」

「引っ越しだそうだ」

「やだ⁉」

みだいは胸の前で両手を握り合わせた。

「じゃあ――私の家へ？」

「かも知れない」

「どうしよ？　今日休んで大掃除しなきゃ」

「そうだな――って、学校は行けよ」

「そ、そうね」

尋常《じんじょう》ならざる事態が発生しつつあった。

ドクター・メフィストが、両親のいない女子高生の家に下宿する？　理由はあるが、とてもまともとは思えない。みだいも真吾も困惑を越えた混乱の極《きわ》みにあった。

それなのに、みだいは不思議と冷静に、まずキッチンをきれいにしなくては、と考えはじめていた。

あの途方もなく美しいくせに、妙に人間臭《くさ》い医師の姿が脳裡に好感の抱《いだ》ける像を結んでいるのであった。


予想していたことだが、志麻は休みを取っていた。

「おかしいぜ、やっぱ」

昼休みに真吾がささやくように言った。

「ドクターはあんなこと言ってた。あいつ、おまえに何か良からぬことを企《たくら》んでるよ」

「よしてよ。幼稚園からの付き合いよ。あんたより古いのよ」

「小学校からじゃ二級品か」

「それより、志麻んとこ寄ってみるわ。一緒に来て」

「ドクターはどうすんだ？」

「また深夜に来ると思うしかないでしょ。そのほうがあの先生には似合ってる。とっても」

「それもそうだ」

うっとりを通り越して恍惚《こうこつ》たる表情のみだいに、嫉妬の視線を送りながら、真吾は胸を張った。虚勢《きょせい》である。相手が悪すぎるのはわかっていた。

志麻の家は〈四谷左門町〉にある。両親と祖父母が同居で、うまくいってないと幼稚園の頃からこぼしている。志麻の暗さはそれも原因のひとつだとみだいは思っていた。

バスを降りると、絹のようなすじが街路を横切った。

「にわか雨かよ、やべ」

「急いで行く」

バス停から徒歩七、八分の一軒家《いっけんや》だ。幸い、門前に着いてもひどい降りにはならなかった。

チャイムを押すと、志麻の母が出た。

「います?」

「ああ。離れで休んでるわ。風邪《かぜ》みたい。うつるといけないから悪いけど帰って」

顔見知りの母は、済まなそうに、遠慮なく言った。

「はい」

みだいは素直に従った。

「何だよ、ここで折れちゃあ、来た甲斐《かい》がないだろ」

と咎《とが》める真吾に、

「離れって、はじめて聞いた」

「え?」

「いつ建てたんだろ。少し気になる」

「じゃ、どうするんだよ?」

「ここん家《ち》、裏の垣根《かきね》が低いのよ」

真吾は沈黙し、別人を見るような表情になった。

二人が裏庭へ侵入し終えたとき、雨足《あまあし》が強くなり、カーテンの役を果たしてくれた。

仮設住宅を思わせるプレハブの家が一軒、雨を弾いている。

窓にはカーテンが下ろしてある。サイズからして六畳と四畳半。片方がキッチンということもあるまい。

「あいつの部屋――母屋《おもや》にあるんじゃないのか?」

と真吾が訊いた。

「それもおかしいのよ」

二人は大急ぎで、庇《ひさし》の下に入った。

どうしようかと思ったが、みだいはすぐドアを叩いた。

返事はない。

「留守か。お袋《ふくろ》さん、嘘つきやがったな」

「そんなことする理由は？」

「入ってみようか」

みだいもうなずいた。その辺の思考は同じ回路らしい。

ドアには鍵がかかっていなかった。

三和土《たたき》で靴を脱ぎ、一応手前の六畳のドアもノックした。

返事はない。

開いた。

いない——どころか、何もない。窓に下ろされたカーテンだけが唯一《ゆいいつ》の家具といえばいえた。

畳もない。強化プラスチックの床板が剝き出しだ。

「何だよ、ここ？」

後ろで真吾が呆《あき》れ返ったように言った。

「ただ、プレハブを建てただけじゃねえか」

「もうひと部屋あるよ」

「よし」

真吾はドアを閉め、プレハブの壁についたもうひとつのドアのノブに手をかけた。

開かない。

ただ鍵がかかっているというのではなく、まるで絵だ。

「びくともしねえぞ」

みだいが替わった。

あっさり廻った。

「え？」

二人とも声を合わせた。

呆然と右手を眺める真吾へ、

「行くわよ」

みだいはドアを押した。

ここも畳もない床が広がっている。

二人の眼は、床の中央にある二メートル四方ほどの四角い穴に吸いついた。

きれいに切り抜かれた先はすぐ地面だ。二人は顔を見合わせた。

黒土に嵌《は》めこまれた電球がすり減った石の階段を照らし出している。

「おい、これ昨日今日に付けたもんじゃねえぞ。何十年も昔からここにあるんだ」

真吾は石段と接触している部分の黒土をのけた。石の表面が現われた。

「やっぱりな。ここは遺跡なんだ。その上にプレハブを建てたんだな」

「志麻の家の人が?」

「他にいるか?」

みだいは沈黙した。

暗くて泣き虫で虐《いじ》められっ子で、しかし、よちよち歩きの頃から知っている。この家にだって何十回も遊びに来た。両親だってよく知ってる。

「みんな普通の人だよ」

こう主張するのが精一杯《せいいっぱい》だった。

真吾は、

「どうする?」

と訊いた。

「ここまで来たんだ。下りてみるか?」

「…………」

二度目の沈黙も長くは続かなかった。

「何してるのよ?」

愕然とふり返った。

「志麻⁉」

ドアを背に、幼馴染《おさななじ》みは陰気な上眼遣《うわめづか》いで二人を見つめていた。

「何しに来たの?」

少し間《ま》を置いて、

「休んだから、お見舞いに」

とみだいは応じた。

「具合が悪いから帰ってと、ママが言わなかった」

「…………」

「帰って。あたし、本当に具合が悪いのよ」

みだいの眼差しは、友に与えるそれではなかった。

第五章　困った居候《いそうろう》

1

「帰ってちょうだい」

思ったとおりの言葉が、思ってもみない冷たさで投げつけられた。

真吾《しんご》が何か言いかけたが、すぐにあきらめて、

「わかったよ。行こうぜ、みだい。心配して損した」

「心配のしすぎじゃない?」

志麻《しま》がにらみつけた。

二人は外へ出た。志麻はついて来なかった。入って来た場所でふり返ると、軒下《のきした》に立ってこちらを眺《なが》めていた。

雨足《あまあし》は強さを増している。

「傘《かさ》を貸すとも言わなかったな、あの陰気ブス」

真吾が罵《ののし》った。

「もう絶交しろ。あいつ、おかしい。家族もな」

ここで、真吾はみだいの見ているものに気がついた。母屋《おもや》の廊下に、数個の人影が立って、やはりこちらを凝視《ぎょうし》しているではないか。

「小母《おば》さん……小父《おじ》さんもいるわ」

みだいは胸がつぶれる思いだった。志麻の母の言葉に背を向け、勝手に離れへ入った。どんな思いで彼女が自分を見つめているのか、よくわかった。

もう二度と来られない。

「おい」

真吾が腕を引いた。

二人は道へ出た。

「駆《か》けるぞ」

「うん」

路上の水を跳《は》ねとばしながら走った。

志麻の家の門前に来た。

人影が傘をさして立っている。走り寄って来た。

「お祖父《じい》ちゃん」

志麻の祖父——伸男《のぶお》であった。

「これ持ってきなさい」

ビニール傘であった。

「――お祖父ちゃん、でも――」

「家の者《もん》はいまおかしいんだ。志麻も両親もね。もう来んほうがいい」

「でも、志麻は――」

白髪《しらが》頭は、哀《かな》しげに眼を伏せた。

「みなおかしくなったのは、今朝、あの子が帰って来てからだ。気分が悪いから、庭に離れを建てると言って。見たらもう建っていた。倅《せがれ》が追っかけてその中で話をしたんだろうが、戻って来たら、〝好きにさせましょう〟と言い出した。眼がイカれてた。それからすぐ、母親もおかしくなった。志麻はそれきり出て来ない。まともなのは、わしだけだ。志麻には何か憑《つ》いてる。文句をつけたら何されるかわからん。この先何が起きるかわからんが、あんたはもう来てはいけない」

「――誰かに相談してみます」

世にも美しい顔が脳裡《のうり》に閃《ひらめ》いた。

一瞬、老人の顔に希望の色がかすめたが、すぐに石のような表情に変わって、

「よしなさい。それもあんたに良くないような気がする」

「あたしに？」

「そうだ。はっきりとは言えんが、志麻はあんたを怨《うら》んでいるようだ」

「――どうしてだろう、何もしてませんよ！」

「わしにもわからん。そんな気がするだけだ。とにかく、しばらくでいい、うちらのことは忘れて勉強しなさい」

「……………」

「誰に言われても、来てはいかん。いいね？」

本気で自分のことを案じる表情へ、みだいは感謝しながらも、曖昧《あいまい》にうなずいた。

バスの中で、

「祖父さんの言うとおりだ。忘れようぜ」

ハンカチで頭を拭《ふ》き拭き話しかける真吾へ、

「駄目よ。絶対、駄目」

「じゃ、どうすんだよ？　向こうが来るなと言ってるんだぜ」

「先生に話してみるわ」

「よせよ……じゃ」

「違う先生よ。ドクター・メフィスト」

真吾は、ぎょっとしたようにみだいを見た。

そんなでかい話にするつもりか、とその眼が言っていた。

「いいのかよ、ドクターは大忙しだぜ」

「大丈夫よ。いま家にいるドクターなら」

どうやら、あることにみだいは気づいているようである。

「おお、それじゃ――」

「あれは偽者《にせもの》よ」

「そんな筈《はず》あるかい。あんなそっくり、ドクター・メフィストの顔を再現できるなんて」

「ここは〈新宿〉よ」

信吾はいっぺんに力が脱《ぬ》けるのを感じた。

「ごもっとも」

としか言えなかった。


ドアを開けると野卑《やひ》な笑い声が聞こえて来た。

居間だ。

ドアには鍵をかけて出た。侵入したのだ、声の主が。

足音を忍《しの》ばせて居間の前まで来た。ＴＶが点《つ》いている。笑い声が大きくなった。

「野郎」

真吾がワルサーを抜いた。この街ではこそ泥といえど、現場を押さえられたら問答無用で射殺されても文句は言えない。

そっとドアを開け、先に真吾が入った。

ＴＶには、〈区外〉から購入したらしい漫才番組が映っていた。

下らないギャグに、画面の向こうの客がどっと笑った。

こっちも笑った。手を叩《たた》いている。ソファの向こうだ。

ワルサーを両手に握って、真吾が前へとび出した。

「動くな！」

「へ？」

と言ったのは相手だが、その声にふさわしい表情になったのは真吾のほうであった。

「ド、ドクター・メフィスト⁉」

「な、なんだ、いきなり――こんなところで何してる？」

「ドクターこそ」

真吾はワルサーを下ろして、しげしげと白い医師を見つめた。

「ちと早めに来たのだ。そしたら誰もいないのでな。勝手に上がらせてもらった」

「いらっしゃい」

ようやくみだいも前へ出た。

「よお、これはこれは」

「先生――あの」

呆気《あっけ》にとられた視線の先に気づいて、

「あ、これかね？　いい匂いがしたもので、冷蔵庫から拝借《はいしゃく》した」

シュークリームである。

「あ、これも。お父上はいい趣味をしておられる」

シーバスリーガルの瓶《びん》であった。キャビネットから持ち出したらしい。つまみはシュークリームか。

「どういたしまして。お部屋の仕度《したく》をしますね」

少しうんざり、そのくせ何処《どこ》か憎めないものを感じて、みだいは入って来たドアの方を向いた。

「あ、いや」

と背中に当たった。

「この居間を貸してもらいたい。便利でよろしい」

「でも、ベッドも」

「ソファで充分、私は手間のかからない男なのだ」

「そりゃそうだ」

「ん？」

「いえ。お好きになさって下さい。でも、病院はいいんですか？」

「大丈夫、私より技倆《うで》のいいスタッフが勢揃《せいぞろ》いしておる」

「わかりました」

みだいはうなずいた。

これ以上何を言っても無駄だ。視線はふらつき、舌はもつれている。

「後でお風呂とトイレをお教えします。お休みなさい」

「おお」

とメフィストは片手を上げ、

「私の部屋へ入るときは、ノックを忘れるな」

とつけ加えた。


「何だよ、あれ？」

みだいの部屋へ入るなり、真吾が小さく喚《わめ》いた。

「偽者よ」

「間違いねえ――どうするんだ？」

「仕様がないでしょ。護衛だっていうんだから」

「だからって、おまえ、ドクター・メフィストの名前をかたる野郎だぞ。同じ屋根の下なんてとんでもねえ」

「顔はかたれないわ」

とみだいは言った。

真吾は息を呑《の》んだ。気がついたのだ。〈新宿〉のどんな妖魔も悪党も、白い医師に化《ば》けようとして成功したものはいないのだ。

噂《うわさ》では、どんなに巧《たく》みに化けても、五秒と保《も》たずに、もとの顔をさらすという。

「じゃあ、あいつは――」

「あたしは偽者だと言ったけど訂正する。メフィスト先生か、先生以上の存在よ」

「勘弁《かんべん》してくれ」

真吾は頭を抱《かか》えた。

「頼むから偽者だと言ってくれ。そのほうが万倍もましだ。何なら写メして、新聞社かＴＶ局のＨ　Ｐ《ホームページ》に投稿してやるか」

「よしなさいよ。それに、あたしを守ってくれるって話にも一理あるし」

「やれやれ——患者の家に居候《いそうろう》するドクター・メフィストか。誰が信じる。あの調子じゃ出《で》しゃ張《ば》ってゴミ出しもやりかねねえぞ」

「かもね」

みだいは、くすりと笑った。

ゴミの袋を収集場所へ持っていく白いケープ姿のメフィストを見て、近所の連中がどんな反応を示すか考えたのである。

「どーも」

と頭を下げる主婦に、メフィストもゴミ袋を手に、

「どーも」

と返すのだろうか。

「ぷー」

ついに吹き出してしまったみだいを真吾は訝《いぶか》しげに見つめていたが、

「寒地《かんじ》のこと話したら？」

と切り出した。

「そうね。一緒に来て」

「酔ってるぜ」

「いいのよ、偽だってドクター・メフィストの顔を真似《まね》られる奴よ。お酒くらいでどうこうならないって」

「それもそうだ」

みだいが部屋着に着替えてから、二人は居間へと向かった。

ドアノブに手をかけた真吾を、みだいが止めて、

「ノック」

軽く拳《こぶし》を当てると、

「入れ」

えらそうな返事が返ってきた。

「お邪魔します」

いそいそと進むみだいの後に、何で、偽者に気ィつかうんだよと思いながら真吾がつづく。

メフィストは、案の定ソファで一杯飲《や》っていたが、二人の眼を剝《む》かせたのは、その格好であった。

「真っ赤なパジャマ」

と真吾は低く呻《うめ》いた。悪夢の中の声のようであった。

「真っ赤なキャップ」

とみだいも呻いた。

メフィストは二つのつぶやきと表情に気づいた。そして誤解したらしい。

「そんなに似合うかね。これは嬉《うれ》しい。ま、一杯飲りたまえ」

勝手にキャビネットのところへ行き、グラスをぶら下げて戻って来た。

「んー、どうぞ」

「どーも」

みだいは軽く口をつけ、真吾も真似をした。

「おや、つつましいな。私の注《つ》いだ酒が呑めないとか？」

絡《から》むな、こいつ、と真吾が内心いきまいたとき、

「その前にお話があるんです」

とみだいが、今日の寒地家での出来事を伝えた。

「まともなのは、そのお年寄りだけか」

とメフィストは言った。この辺は正気らしい。

「――その娘《こ》を助けて下さい。親友なんです」

「承知した」

あっさりとうなずいた。

みだいはとび上がった。偽者と看破《かんぱ》したとは思えない反応に、真吾は驚いた。

「じゃ、明日」

「いや」

メフィストは首をふった。目に凄《すさ》まじい光を湛《たた》え、

「これからだ」

2

結局、討ち入り前の景気づけだとメフィストが飲みはじめ、三時間後、三人はその角を曲がれば志麻の家という位置でタクシーを停《と》めた。うち二人はまたもやである。

「ここまでだ」

とメフィストが言った。

「このまま帰れ。後は私がやる」

「そうしよう」

「やです」

どれが誰の返事かは言うまでもあるまい。

「好きにしたまえ」

メフィストは、それだけでタクシーを降りた。

「タクシー代は任せた」

高校生たちは顔を見合わせ、やっぱりこいつ偽者だと確認し合った。今夜のことも、志麻が心配なのでも、みだいの気持ちを汲《く》んだのでもなく、何か得になることがあるのだ。

しかし、飄々《ひょうひょう》と夜風にケープをなびかせながら角を曲がっていく白い姿は、二人を陶然《とうぜん》とさせた。

こんな美しい人間は、〈西新宿〉の人捜し屋を除いているわけがない。するとやはり本物なのだ。

「帰ろうや」

と真吾がみだいの腕を摑《つか》んだ。

「何言ってんのよ、ここまで来て。ドクター・メフィストなら志麻を何とかしてくれるわ。たとえ偽者でも」

「しかし、何が起きるかわからないんだぜ。あそこの親もおかしいし」

「お祖父ちゃんはまともだった」

「いいから、もう志麻からは離れろ。どう考えても

おかしい。ありゃ、おまえにとって良くない女になっちまった」

「変なこと言うと殺すわよ」

みだいは歯を剝いた。

「どうするんだよ、お客さん？」

運転手が怒りを抑《おさ》えた声で訊いた。いくら〈第二級安全地帯《セイフティ・ゾーン》〉といっても、ここは〈魔界都市〉だ。いつ何が起きるかわからない。

「あ、戻るよ」

「もう少し待ってよ」

運転手は舌打ちした。みだいは切れた。

「じゃ、降りる」

料金を払って出た。真吾も後に続かざるを得ない。タクシーはすぐ走り去った。

真吾は腕時計を見て、

「いつか夜も明ける。せめてもだぜ」

と言った。少なくとも悪霊《あくりょう》の跳梁《ちょうりょう》具合は天と地ほども差が出る。妖物も嫌光性《けんこうせい》の輩《やから》が多い。〈第二級安全地帯〉ならまず安全圏だ。

「どうすんだよ？」

真吾が訊いた。

「ドクターの後をつけるわ」

「よせって言われたろ」

「好きにしろって言ったわよ」

もうみだいは歩き出している。

「おい」

追いかけようとして、真吾は背後に車のエンジン音を聞いた。

ふり向くより早く、一台のワゴン車がかたわらを過ぎ、志麻の家とは反対側へ曲がって消えた。うちのと同じ車だなと思ったが、真吾はすぐ、みだいの後を追った。

「あれ？」

心臓が、どん、と鳴った。

いない。

いま曲がったところだ。二秒と経《た》っていない。それなのに、月光の下に広がる家並みと道路が、それ以外の不純物を拒否でもしたかのように、みだいの姿は忽然《こつぜん》と消失していたのであった。メフィストも同じだが、これはもう邸内へ入り込んだのだろう。

真吾は寒地家の方へと歩き出した。他に思いつかなかった。

あと一〇メートルというところで、門の前に、ぼおと人影が浮かび上がった。

月光だけで、眼鼻の形から陰影までがはっきりと見えた。

志麻である。何となく真吾はぞっとした。

どうしたもんかな、と迷っていると、志麻のほうから近づいて来た。

右手がブレザーの合わせに移動するのを真吾は感じた。

志麻の顔に光点が生じた。赤い。眼だ。

「危《や》べ」

真吾はもうためらわなかった。右手がワルサーの銃把《グリップ》にかかる。安全装置《セフティ》は外し、撃鉄《ハンマー》も上げてある。後は撃鉄のカバーを親指で弾《はじ》きとばせば、抜くなり射《う》てる。

「止まれ」

左手をのばして、牽制《けんせい》したが、志麻はスピードをゆるめない。ブレザーとスカートという制服姿なのが、時間を考えると不気味だった。真吾は両手で狙《ねら》いをつけた。

「てめえ、射つぞ。本気だぞ」

志麻は五メートルまで近づいていた。止まらない。

三メートル。

ぴたり。

一瞬、真吾の気がゆるんだ。

ブレザーがかすんだ。

「——!?」

志麻はのばした右の前腕に乗っていた。

真吾がふり落とそうとしなかったのは、次の瞬間襲われるとわかったからだ。ワルサーは間に合わない。

「てめえ――何のつもりだ？」

「あんたは、邪魔者よ。みだいにとって」

何処か獣《けもの》が唸《うな》るような声である。真吾は志麻の言葉が、ついさっき、みだいに話した志麻の件と同じ内容であることに気づいた。

「莫迦《ばか》野郎、それはてめえだ」

「いいえ、あんたよ。前から疑ってたけど、やっとはっきりしたわ」

「何がだよ？」

「あんた、みだいの〝抑え役〟なのよ」

「〝抑え役〟？　何だ、そりゃ」

「あの子の真の姿を妨《さまた》げる役よ」

よくわからないが、真吾は頭に来た。

「ふざけやがって。じゃ、てめえは何だ？」

「あたしは――〝守り役〟よ」

「なにイ？」

真吾は眼を剝いた。

「てめ！」

右手をふった。少しも重さを感じなかった。

今度は頭の上で、

「覚悟なさい――あたし、ようやく、自分が見つけられた」

「うるせえ！」

志麻は肩に乗っていた。

左手でその足首を摑もうとしたが、拳の中身は空気だった。

「無駄よ」

今度は頭の上に立って志麻は笑った。

「あたしは自分の力に気がついた。あんたはまだ自覚がないわ。そのままくたばりなさい。手間がかからなくていいわ」

いきなり、逆しまの顔が眼の前へぶら下がった。

毛むくじゃらの中に、真紅《しんく》の双眸《そうぼう》と白い牙《きば》が剝き出しになった獣の顔が。その中に、否定し難《がた》い志麻

の面影《おもかげ》を認めて、真吾は血が凍った。

ぐい、と首が前に下がった。志麻の体重がかかったのだ。

思い切って前へ倒れながら、真吾はワルサーを重さの中心へ発砲した。

ぎゃっと叫び声が上がって、楽になった。

志麻は前方――五メートルのところに着地して牙を剝いた。

「化物《ばけもの》が」

真吾は続けざまに五発射った。射ってから少し胸が痛んだ。

志麻は五度《たび》身をよじり、それでも踏んばった。

いきなり右へ走った。

ワルサーを！　追いつかない⁉

銃口を左へふり向ける寸前、鈍重《どんじゆう》な痛みが首をすり抜けた。

斬《き》られた、とわかった。それも骨まで。

傷口を押さえず、真吾は頭頂部を真下へと押した。

背後で獣の悲鳴が上がった。

首がずれないようにふり返るには、少し時間がかかった。

志麻の姿は消えていた。

「何処行きやがった？」

つぶやいた瞬間、口腔《こうこう》に生あたたかいものが溢《あふ》れた。

思い切り吐いた。

アスファルトにとび散った血を、光輪《こうりん》が紅《あか》く照らし出した。

左横に車が停まった。

――さっきの？

運転席のドアが開いて、人影がとび出した。

「親父《おやじ》⁉」

駆け寄って来て、痛ましい視線を首の傷に注《そそ》いだのは、確かに真吾の父である。

「どうし――」

また、ごぼっと吐いた。

「しゃべるな。首が断《た》たれている。大した斬れ味だ」

父は鋭《するど》く言った。

――なのに、どうしておれは生きてるんだ⁉

「あわてるな。まだ死にやせん。車に乗れ。お祖母《ばあ》ちゃんもいる」

――二人で出動かよ⁉

途端に眼の前が暗くなった。

よろめく息子に肩を貸し、父親は車の後部座席へと運んだ。

ドアを開けたのは、祖母だった。

錆《さび》の浮いた鉄の函《はこ》を横に載《の》せている。

「早くベッドへ」

父に手を貸して、真吾がはじめて見る簡易ベッドへ横たえた。

「すっぱりやられてるが、出血は少ない。多分、動脈も静脈も接着されているんだ。とりあえず、くっつけてくれ」

「あいよ」

祖母は函から石の壺《つぼ》を取り出すと、蓋《ふた》をのけて、中身に指を入れた。

灰青色《はいせいしょく》の軟膏《なんこう》状の物質がついて来た。

「押さえといて」

といって、素早く傷口全体に塗りつけた。

鈍《にぶ》い痛みとだるさが退《ひ》いていくのを、真吾は感じた。

安堵《あんど》がこみ上げて来た。

それから――疑念だった。

父と祖母――この二人は何者なんだ？

「どうです？」

さして心配そうでもなさげに見つめている父へ、

「大丈夫さ、二、三日で元通り」

と祖母はティシューで指を拭き拭き答えた。

「あんたたち……」

真吾は呻くように言った。

「声を出すな。血管が剝《は》がれるぞ」

「……何者だ?……どうして……ここに?……」

もう返事はなかった。

真吾は意識を失った。


メフィストは玄関から入った。

門もドアも彼が手を触れると、音もなく開いた。

靴のまま上がり込み、真っすぐ廊下を抜けて裏へ下りた。

月光の下に離れが黒々と浮かんでいた。

その前に二つの影が立っている。

中年の男女――寒地志麻の両親だ。

「ようこそ、ドクター・メフィスト」

と寒地が微笑した。

「よお」

とメフィストは片手を上げ、夫婦は顔を見合わせた。

「待ってたのか――よくわかったな」

「我々にも眼鼻はついておりますのでね」

「そうか、なら、用件もわかっているな?」

「それはもう。ですが、娘はいま出ております」

「知ってる。置いて来た高校生どものところだろう」

寒地の顔に動揺が走った。

「ご存知でしたか、ドクター」

「一応、眼も鼻もあるのでな。ま、じきに戻ってくるだろう。それより、これはあるか?」

一杯くいっと空《あ》ける真似をした。

夫婦は顔を見合わせた。

「家族は誰も飲りません」

「来客用のビールくらいないのか?」

「いや、それくらいなら」

「仕方がない、我慢しよう。すぐに用意してくれたまえ」

「はあ」

「つまみも忘れずにな」

「はあ」

夫人のほうが小走りに母屋へ向かうのを、満足そうに見送ってから、メフィストは離れの方へ歩き出した。

棒立ちの寒地へ、

「邪魔するつもりか？」

「いえ」

「なら、脇へのけ」

「あ、はい」

そして月よりもなお美しい白いケープ姿は、奇怪な建物の中へと姿を消していった。

突っ立って見送る寒地へ、

「何してる……案内しろ」

「あ、これは」

彼も後を追い、玄関のドアが閉まった。奇妙な道行きが始まろうとしていた。

3

妙な雰囲気を維持したまま、二人は離れに入った。

みだいか真吾が一緒にいたら、眼を見張ったことだろう。室内は別の家——大豪邸の一室のごとく、飾り立てられていたのである。

「ドクターのために、急ぎしつらえました」

「あまり、気にせんように」

革張りのソファに腰を下ろし、サイドテーブルの葉巻を手に取ると、寒地が黄金《きん》張りの卓上ライターを点けた。

ふうと煙を吐いて、

「——で、おたくの娘さんについてだがな」

「はあ」

「友人が私のもとへ来て、別人のようだ、おかしいと言う。その辺はどうだね？」

「それはもう、言いがかりでして」

「すると、極《きわ》めて正常だと?」

「無論です」

「こんな時間に外出するのにかね?」

「それはお友達を迎えに——じきに戻ります」

「ふむ」

　と言うだけで、何を考えているのかさっぱりわからない。しげしげとその顔を見つめ、気が遠くなりかけて、寒地は眼をそらした。

　そこへ、夫人がビールのパックをぶら下げて戻って来た。三五〇ミリ・リットル缶半ダース分である。

「おひとつ」

　夫人がにこやかにグラスへ注いだ黄金色の液体を、ひと息で飲みこんでから、じっと夫人を見つめ、

「なかなか、おきれいな奥さまだ」

　と言い出した。

　むっとする寒地など、もはや眼中《がんちゅう》にない物言いで、ご出身はどちら? 京都です。では今度、秋の頃にご一緒したいですな。でも、もう見飽《みあ》きましたわ。いや、ヨーロッパですぞ。あら? ドイツ中部の紅葉はきれいですぞ、世界の凡俗《ぼんぞく》どもは、ドイツといえば黒い森《シュヴァルツヴァルト》しか頭にないが。あら、是非《ぜひ》。では、一杯。

　とやらかしているうちに、たちまち缶は空き、夫人の代わりに寒地が取りに行く羽目《はめ》になった。

　夫の姿が見えなくなると、夫人がすぐ、

「すべてご存知なんでしょう、ドクター?」

　としなだれかかって来た。

「それは、まあ」

「なら、こんなことをしていても時間の無駄。娘は、みだいちゃんのために生を享《う》けたのですわ」

　白い生腕が蛇のようにメフィストの首に巻きつき、熱い息が顔を這《は》った。

「私たちの使命は、それを援護すること。お判《わか》りで

しょ？」

「まあ、な」

「ドクターのお立場は中立？　でも、それならどうしてここへ？　みだいちゃんにせがまれたからと言っても、うちの娘《こ》がみだいちゃんの仲間だとご存知なら、いらっしゃる必要はないはずです」

「勘だよ」

「勘？」

「娘さんとあなたたち夫婦の背後で蠢《うごめ》いている異常に心当たりがあるのだ。だが、今のところは勘というしかない」

「誰もおりません」

夫人はとろけるような視線を、白い医師に当てた。

「ドクターは、女嫌いとうかがいましたけど、本当なのでしょうか？」

「さて」

とメフィストは笑った。美しい仮面の笑みは限りなく冷たく、しかし、大いに好色であった。

夫人が身を寄せて来た。メフィストの膝《ひざ》に手を乗せ、ゆっくりと上下させはじめた。それをちらと見た。

「ほお。面白いことをする。これは楽しい行為なのかね？」

「あら。おとぼけ。ドクター次第ですわ」

「ほお。君はどうなのだ？」

「お試しになったら？」

夫人は身を寄せ、メフィストの片手を腿《もも》の上に導《みちび》いた。

ためらいもせず、白い手が動いた。それは人の動きではなかった。

指先が腿をかすめただけで、夫人はのけぞり、崩れ落ちた。失神したのである。

「さて」

とメフィストは、世にも美しい顔をこの上なく好色に歪《ゆが》め、しかし、まぎれもない彼の笑顔で微笑した。

　駆け足で寒地が戻って来たとき、夫人はソファにもたれて、細い呼吸を繰り返していた。

「――どうかしましたか？」

「急な心筋梗塞《しんきんこうそく》だ。幸い軽い。マッサージを施《ほどこ》しておいた」

「それはどうも。しかし、心筋梗塞とは」

　困惑《こんわく》し切った風な表情のまま、寒地は新しいビール缶を開けて、メフィストのグラスに注いだ。

　ひと口飲って、

「まさか、こんな手を使うとはな」

と、寒地を見つめた。こっちこそ心臓麻痺《しんぞうまひ》を起こしそうだったが、寒地は何とか耐えた。

「――何のことでしょう？」

「これだ」

　メフィストは右手のグラスを逆さまにした。

「毒入りだ。君はチェザーレ・ボルジアかね？」

　寒地は呆然《ぼうぜん》とビールの缶を見つめた。何も知らなかったと怯《おび》えの表情が伝えた。

「私は――何も」

「ふむ。しかし、知らなかったでは済まんのだ」

　白いケープの右肩が盛り上がった。

　黒い鴉《からす》が現われた、といえば、多くは〈高田馬場《たかだのばば》魔法街〉のヌーレンブルク邸とその使い魔を想起するだろう。だが、この鴉の顔は遥《はる》かに邪悪で、しかも二つあった。

　双貌《そうぼう》の大鴉。

「行け」

　声と同時に羽搏《はばた》きは天井まで舞い上がり、妖々と円を描きはじめた。

「あ……ああ……あ」

　見上げていた寒地が、よろよろと部屋の中央に出た。自分で歩いたような、或《あ》いは誰かに押されたような動きであった。

　棒立ちになって天井を見上げたその顔に、黒い翼《つばさ》が舞い下りた。

悲鳴が上がり、全身が痙攣《けいれん》した。

どっと倒れた頭頂部から、赤いすじを引きつつ大鴉は離れた。

外の通りで、志麻が消えたのはこの瞬間だった。

「……あれは？」

夫人がぼんやりと訊いた。夫の身に何が起きたのかもわかっていない風である。

「あれは脳の生命を司《つかさど》る〝枢腱《すうけん》〟だ」

とメフィストは答えた。

「失《な》くしたものは、一生脳の支配から離れた生ける死者として生きねばならない」

「お願い――返してやって」

「この件が片づいたらな。それまでは私の愛鳥が預かっておこう」

上空を巡《めぐ》る鴉の片頭が、そばをすするように呑みこんだところだ。

「さて――遊びはここまでだ」

メフィストは大きく伸びをしてから立ち上がった。

「せっかく建てた家だ。私のために使いたまえ」

呼びかけた先は、奥のひと間へと続くドアである。

いつの間にか、その周辺だけは、暗く闇が落ちていた。

「出て来たまえ」

呼びかけてから、ドアが開くまで少し間があった。

ゆっくりと現われた影は、グリーン・ベレーのコートをまとっていた。

「おや、人違いか？　それとも化けているか？」

相手は少し怪訝《けげん》な表情になって、

「酒のせいとは思いたくありませんが、ガルテン・ヨーレンです。お忘れだと悲しいですな」

「そうかね。何者だ？」

「テロリストですな」

「ほお。この家でテロるつもりかね？」

「いえ。ある方の代理で参上しました」

「やっと出たか。あいつは何をしている?」

「あなたを始末しようと画策《かくさく》しております」

「その言い方——おまえ、支配下に入ったな」

「何を仰《おっしゃ》いますやら」

ガルテン・ヨーレンの右手が、コートの内側へ忍んだ。

「おっと、ご安心下さい。武器ではありません。契約書でございます」

「何だね、それは?」

メフィストの眉が寄った。

「二〇〇〇と三〇〇年前、あなたさまのサインが入った一枚でございます。ようやく発見したと。あの方も喜んでくれました。これで、私の仕事を邪魔されることもないと」

「——何だ、それは?」

ヨーレンの右手は、巻いた羊皮紙《ようひし》を握っていた。

手渡されたそれをメフィストは広げた。

その表情をたちまち驚きと喜色《きしょく》が渡った。

逆に困惑したようなヨーレンへ、

「そうかそうか、すっかり忘れていたぞ。いやあ、これは困った」

どころか、愉《たの》しくて仕様がないと、その全身が語っていた。今にも感激のダンスを踊り出しそうである。

「確かに預かった」

くるくると巻き直して、ケープの内側へ仕舞《しま》い込むと、

「この返事は、直接おまえの主人にしよう」

ヨーレンの表情がこわばる。

「もうおまえに用はない」

この言葉はそれこそ無限回近く使われて来ただろうが、今日このときくらい、冷たく妖《あや》しく響いたことはあるまい。

メフィストは右手をふり上げ、

「ほい」

光るものが飛んだ。メスである。ドクター・メフィストが医療行為以外に使用するとき、それは絶対の死を招く。

だが、二人の中間で、それは美しい響きとともに撥《は》ね返された。

メスと共にテーブル上に落ちたのは、柄《え》のない刃《は》のみのナイフであった。

「ほお、あいつが憑《つ》いたというのは嘘《うそ》ではないらしいな。ふむ」

大きくうなずくメフィストへ、ヨーレンはまた訝しげな視線を与えた。

メフィストとは既《すで》に対決している。そのとき、彼は自分がある魔道士の力を得たと告げたはずであった。

「ここの娘の正体はわかっているが、いま居候を決めこんでいる家の主人に頼まれて連れに来た。そろそろ帰る頃だな」

「こちらこそ、余計な真似をさせるわけには参りませんな。あの娘は神城寺みだいの〝守り役〟として神が遣わした者なのです」

「神はそんな真似をさせんよ」

メフィストは嘲笑《ちょうしょう》した。

「神はいる。だが、その居場所もこころも人間とは無縁よ。それが故《ゆえ》に神なのだ」

「ドクター・メフィスト、アギーレ・バブチュスカの名の下《もと》に地獄へ堕《お》ちるがいい」

ヨーレンは軽く床を蹴《け》った。

いつ仕掛けたものか、床全体が十文字に開くや、家具調度と並んで白い医師も、突如《とつじょ》出現した大奈落《ならく》へと白いケープを翻《ひるがえ》しつつ落下していった。

第六章　殺手《さつて》と守手《しゆて》

1

　何もかも呑みこんだ床の上で、ガルテン・ヨーレンはにんまりと唇を歪めた。

「この下で何が待っているか、たとえドクター・メフィストといえど、アギーレさまの〝地下街〟を生きて出るのは至難《しなん》の業《わざ》ですぞ」

　部屋はメフィストを迎えた絢爛《けんらん》たる場所ではなかった。畳もないプラスチックの床が剝き出しの造りかけであった。これが本来なのだ。

「戸口の方でドアの開く音がして、彼はふり向いた。

　よろめくように入って来たのは志麻であった。

「成果はどうだったね？」

　にこやかな笑みは、

「邪魔が入ったわ」

　のひとことにも消えなかった。

「それはこちらで始末した。みだいはどうした？」

「消えたわ」

「消えた？　誰の仕業だね？」

「わからない。確かに水垣《みずがき》君といたのに、私が出てくときもう」

　志麻は激しく首をふって、

「水垣君はもう一歩で仕留められたのよ。なのに急に――」

「それは、おまえの父がメフィストの仕置きを受けたからだ。やむを得ん。だが、みだいを連れ去ったのは誰だ？」

「わからない」

　志麻は口をつぐんだ。

「でも、誰だろうと、みだいを傷つけたりしたら許さない。あたしが殺してやる」

「その前に――みだいが何処にいったかわからんか？」

「うん」

ヨーレンは光る眼で志麻を見つめ、首を横に振った。

「やはり、もう一段階アップさせる必要があるな。それから、アギーレさまの手にかかれ」

志麻の顔は青ざめた。

「嫌……よ」

「何を脅《おび》える？　アギーレさまのことを何も知らんくせに」

「わかるの……嫌よ」

「いいや、行け。そうすれば、おまえは〝守り役〟〝守手《しゅて》〟として完璧に近くなる」

「そんな――なりたくない」

「いいから来い」

ヨーレンは近づいて、志麻の腕を摑んだ。その顔に別人の顔が重なった。

ある魔道士の邪顔であった。


闇が世界だった。


一種の閉鎖空間なのは、すぐにわかった。

足の底はコンクリートだ。

「大丈夫か？」

と、前方を見たまま訊いた。

「ええ」

寒地夫人の声である。闇の中でも、かたわらに立つ妖艶《ようえん》な肢体《したい》をメフィストは見ることが出来た。亭主のほうもその横に立っている。

「では――行こう」

あっさりと口にしたことに、少なくとも夫人は驚いた。

「――何処へ？」

「出口だ」

「その先にあるんですか？」

「勿論《もちろん》だ」

わかるの？　と訊きかけて夫人は口をつぐんだ。

相手は〈魔界医師〉だ。

返事も待たずメフィストは歩き出している。夫人は夫の手を摑んで後を追った。足下も気にならなかった。意識はメフィストの足音に集中していた。

真の闇の中では、全く距離感が摑めない。何歩歩いたかは数えていればわかるが、正確に数えていたかどうかは不明だ。だから、それが起きたのは夫人の個人的な時空間――五〇〇メートルほど進んだときであった。

「きゃっ⁉」

ぶつかった。人だ。相手もよろめいたが、声は出さなかった。衝撃からして夫人より大柄――しかし、女だ。

「誰よ？」

思わず声が出た。

「――志麻のお母さん？」

聞き覚えのある声だ。

「――みだいちゃん？」

手をのばすと、向こうの手が触れて、二人は抱き合った。

「みだいちゃん――どうしてここに？」

「わからない。上の通りで、お宅へ行こうと角を曲がったら、いきなりここに」

みだいには、タイム・ラグがないらしかった。

「そうだったの。もう大丈夫よ。メフィスト先生もいるし」

「ええ。わかってます」

「見えるの？」

「はい。え、お二人は見えないんですか？」

「そうよ。ドクターは？」

「そこにいらっしゃいますよ」

咳払《せきばら》いがひとつ起こった。

「さ、行きましょう。私がお二人の眼になります」

夫人は安堵に胸を撫《な》で下ろした。

「先生――待って」

メフィストの足音は遠ざかっていく。三人の出会いなど眼中にないらしい。

「ここは――何処なんですか？」

みだいが訊いた。

彼女の眼には、巨大な城塞《じょうさい》に見えるのだ。

左右を埋める建物は優に一〇〇階を超し、その果ては天井の闇に消えている。

どの階にも空洞のような窓が開き、センサーやレーダーを思わせる管が縦横に突き出て、何割かは回転中だ。

灯《あかり》の点《とも》っている窓もあった。

「人影が見えるわ」

と夫人が眼を細めた。

「アギーレが魔力で構成した閉鎖空間だ」

とメフィストの後ろ姿が告げた。

みだいが眼を細めて記憶を辿り、

「それって――紫の服を着た？」

「そうだ」

「学校で会ったわ。この要塞みたいなものもその人が？」

「そうだ。あいつが七〇〇〇年ばかり前に魔道士の修業を積んだ場所だ。恐らく奴もこの何処かにいる」

「抜けられます？」

「ふむ、奴が出てくれれば何とかな」

「出て来ないとか？」

「あいつは、私を怖《おそ》れている」

みだいは混乱した。うまくまとまらなかった。それから、思い出した。

「そうだ――志麻はどうしたんです⁉」

「恐らく奴らと一緒にいるだろう」

「その――アギーレとかとですか？」

「そうだ」

「そんなあ。先生――助けてあげて」

地団駄《じだんだ》を踏んだ。

「ここを出てからな」

突然、メフィストの爪先《つまさき》――一〇センチと離れていないコンクリートに、次々と黒いすじが射ちこまれた。鉄の矢であった。

みだいが、ひいと身をすくめ、メフィストは立ち止まった。

「動くなあ」

右方——矢の飛来《ひらい》した方角から、凄まじい濁声《だみごえ》が降って来た。

「やれやれ」

メフィストが溜息《ためいき》混じりにそちらを見上げた。

「わしはアギーレ・バブチェスカさまのために働くグランダル弓兵団《きゆうへいだん》の隊長、バデム・グランダルである。ドクター・メフィストとやら、ここは通さぬ。道行きはこれで終わりだ」

男の言語は明らかに遠い時代の別の国のものであるにもかかわらず、みだいの耳にはこの国の言葉として聞こえた。

「通ると言ったらどうする、グランダルとやら?」

「こうだ」

天が鉄の雨音を立てた。

それは数百本の凄まじい響きと衝撃を地面に突き立てると同時に灼熱《しやくねつ》し、コンクリートを焼き崩した。

「通ってみるがいい、ドクターよ。その矢はただの鉄ではない。いかな超人妖物とて骨まで灼《や》き尽くす〝炎鉄《えんてつ》〟で出来ている。燃え続ける時間は永遠だ」

「ふむ」

メフィストは一歩前へ出て、灼熱する矢の一本を摑んだ。

それは水蒸気のようなものをまといつかせて、黒い矢に戻った。

左右の城塞からどよめきが上がった。

「やだ」

みだいと寒地夫人が抱き合って震《ふる》えた。四面楚歌《しめんそか》の恐怖が爆発したのである。

「熱も治療対象でな」

メフィストは自慢そうに声の主へ話しかけた。

彼は唇を尖《とが》らせた。細い息を灼熱の矢に吹きかけるや、それは冷たい鉄とコンクリートに戻った。

もう、どよめきも上がらなかった。

「行くぞ」

メフィストは歩き出した。歩きながら前方の矢をまとめて抜いていく。

一〇本二〇本どころではない。一〇メートルも進まぬうちに、彼が小脇に抱えた矢の束は一〇〇本を超えた。一〇〇キロ超の重さは、しなやかな足取りに何の影響も与えていないように見えた。

「治療は終わった」

とメフィストは普通の声で宣言した。

「では余計な品を持ち主に返そう」

びゅっと風が唸った。

メフィストは鉄矢の束から数本を無雑作《むぞうさ》に城塞の高みに放《はな》ったのである。

悲鳴が上がった。

みだいのかたわらに、革鎧《かわよろい》をまとった串刺《くしざ》しの人影が落ちて来て、ひとつ大きくバウンドした。

凍りつくみだいたちの前方で、メフィストは、まるで種まきのように凶悪な武器を放《ほう》りつづけた。そのたびに悲鳴が上がり、死者が落ちて来た。

左右から新たな矢が降って来たが、何故《なぜ》かすべてメフィストとみだいたちの前後左右に突き刺さり、それも打ち返されると、敵はついに沈黙した。

それまでの攻撃などなかったもののように淡々《たんたん》と歩を進めるメフィストの後ろ姿に、

――ひょっとしたら、本物かも
と考えかけ、みだいはあわてて訂正した。

「次――来るぞ」

メフィストの声が聞こえたのである。

前方に光る帯みたいなものが通りを横断しているのが見えた。

水溜《みずたま》りだ。長さは一〇メートルもない。だが、メフィストを迎えるものが、まともであるはずがない。

はたして、メフィストはふり返って、

「こちらへ来たまえ」

と寒地を呼んだ。

生ける死者がやって来ると、メフィストは水溜りの方を指さして、

「渡れ」

と命じた。

「待って。危ないわよ」

とみだいが割って入った。

「小父《おじ》さん、何かおかしい。水の中へ入って何かあったらどうするの？」

「どうもしない」

とメフィストが答えて、水の方へ顎《あご》をしゃくった。

寒地はためらいもなく黒い水に足を踏み入れた。二歩目で膝、三歩目で腰まで沈んだ。更《さら》に二歩で見えなくなった。

二度、水泡が弾け——それきりだった。

「いるな」

メフィストはケープから、一本の針金を取り出し、軽く右手をふった。

針金は音もなく伸びて、向こう側の岸に辿り着いた。何に巻きついたのかはわからない。

こちら側の端をメフィストは後方に放った。これもどうなったのかわからぬまま、針金は水面上一センチのところで堅く渡された。

「これを渡る」

みだいと夫人が眼を剝いたのは言うまでもない。

「こんな綱渡りなんか無理です。できません。水の中の奴に襲われたらどうすればいいんですか？」

夫人の抗議に、

「私が対処する。渡るのも襲撃にもな」

「寒地の小父さんはどうなったの？」

「死んだ」

メフィストはあっさりと答えてから、ちらっとみだいを見て、

「まだわからんか？」

と訊いた。

「え？」

その返事だけで満足したのか、白い医師は、寒地夫人を指さした。

「先に行け」

「ちょっと！」

今度はみだいも声を荒らげた。

「何てことするの？　女の人よ。ドクター、どうしちゃったんですか？」

「女の人、か」

メフィストはうすく笑った。女嫌いと心得ているみだいが、思わずぞっとしたほど冷酷な笑顔であった。

彼は夫人を見て訊いた。

「そうなのかね？」

「どうかしら」

夫人の返事にみだいは眼を見張った。どうかしらって、どういう意味だ？

「行きたまえ」

「ええ」

うなずく夫人へ、

「駄目！」

歩き出す背に、みだいはすがりついた。

「え？」

眼が点になった。

触れた腕と上半身から異様な冷気が伝わってきた。

2

「お、小母さん……」

「わかった？」

夫人は前を向いたまま、はっきりと尋《たず》ねた。

「小母さん……まるで……死……」

「そうよ。私はね」

ぽこ。水泡の弾ける音が、次の言葉を止めさせた。

夫人は歩き出した。

針金に乗っても足取りは止まらず、崩れもしなかった。

「凄《すげ》え」

みだいは息を呑んだ。

「次は君だ——行け。私がフォローする」

「で、でも。あの——小母さんが渡ったらにしましょ」

「行きたまえ」

この医師に命じられて逆らえるのは、その同類だけだ。

みだいはそれでも針金を足下にためらった。

「行きたまえ」

美しい声に押されても足は動かなかった。

そのとき、背後で何か太鼓でも叩くような響きが伝わってきた。

「来たな」

とメフィストが首だけ少し傾けて、面白そうに言った。

その横を炎の塊りが長い尾を引きつつ水溜りに落ちた。

凄まじい音と水柱が上がった。

「奴ら本気だぞ。いまの〝火弾《ひだん》〟を食ったらバラバラだ」

「行きます」

みだいは針金にとび乗った。たちまちバランスは崩れた。

「きゃあ」

その腰にメフィストの指先が触れた。

途端に背筋がのびた。同時に全神経に自信が行き渡った。

夫人はすでに半《なか》ばまで辿り着いている。

一歩踏み出して、みだいは驚いた。何の不安もない。細い線に触れるだけで、平衡《へいこう》神経は圧倒的な自信を持って身体《からだ》を支《ささ》えているのだ。

固い大地を踏みしめるように、易々《やすやす》と夫人に追いついた。

「どんなもんよ」

鼻高々だった。

その左方に火の玉が落ちた。

水柱と衝撃が、みだいを突きとばした。

水中へ落ちた。

針金を摑もうとのばした手に、軟《やわ》らかいものがギリリと巻きついた。

みだいは眼を見張った。水だ。水そのものだ。この水は生きているのだった。

首と腰とに猛烈な圧搾《あっさく》がかかり、みだいを水中へと引きずりこんだ。

口と鼻から水が流れこんで肺まで達した。激しく咳《せ》きこむ。

眼の前で黒い顔が揺れていた。

——小父さん⁉

恐怖が胸中《きょうちゅう》にふくれ上がる。

助けて、ドクター
声に出したつもりが、それは水泡となって立ち昇った。

意識が遠ざかる。

急に圧搾が消える。

別の力が腰を捉え、みだいを上昇させた。

すぐに水面へ出た。

世にも美しい手が待っていた。

メフィストに引かれる背を、下から押してくれる力があった。

針金の上に乗ってからふり向いた。

「小母さん⁉」

「無事で何よりね」

と寒地夫人は笑った。

「気をつけていらっしゃい。私は話をつけてくるわ」

「話って？　何のこと？」

「まかせたわよ、ドクター」

メフィストはうなずいた。みだいは思わず夫人を見つめた。夫人の声には怒りが含まれていた。

メフィストはうなずいただけだった。

「小母さん⁉」

夫人が勢いよく没したときの水音が、みだいの叫びを消した。

「どうなってんのよ、一体？　私、何にもわからない」

「じきにわかる」

みだいはいきなり宙に浮いた。メフィストが両手で抱え上げたのである。その行為自体を怪しむ前に、みだいは陶然となった。

メフィストは無表情だ――それにしては、みだいの腿と腋《わき》の下を押さえた指が妙な動きをしていた。

「ドクター、あの」

「これかね。患部を捜している。治療のひとつだ」

こいつうと思いながらも、

「それは――どうも」

「なんのなんの」


メフィストが答えた瞬間、前方におびただしい光と影が生じた。向こう岸に、敵が先廻《まわ》りしていたのだ。人影の他に、妖物と思《おぼ》しい奇影も列を成している。

みだいは血が凍った。

「ドクター……何十人もいるわよ」

太鼓の音、ざわめき、唸り声。

「何千人だな」

涼しい声である。

「どうするの？」

「いよいよ、決めに出て来たな、アギーレめ。本来はこの娘《こ》に用などないものを」

「え？」

「あの軍装マニア――ガルテン・ヨーレンとかいう奴と組んで、私を滅《ほろ》ぼそうとしている。君を狙っているのはヨーレンだ」

「え？　じゃあ、あいつらは、アギーレとかいう奴の部下か何かで、本当はあなたを狙ってるの？　私は巻き添え？」

「さて。こうなると、どっちがどっちともいえんな。だが、少なくとも君は安全だ。ヨーレンには君が要《い》る」

「なのに、私を狙って来た」

「さっき、寒地夫人が話をつけに行くと言ったろう。あれは、その辺のミスを訂正しに行ったのだ」

「え？」

「志麻とやらが君の〝守り役〟というのは正しい。あの両親は、その志麻の〝守り役〟だ。従って、ヨーレンと組んだアギーレが、君を狙うのはおかしいと知っている。その齟齬《そご》を訂正しに向かったのだ。見ていたまえ」

こう言っている間にも、メフィストの足は止まらず、二人は向こう岸まで数歩のところまで達していた。

奇怪な鎧に身を固めた連中、蛇とも熊とも狼《おおかみ》ともつかぬ化物ども、そして、おびただしい松明《たいまつ》の生む光と影。

これから起きる事態を想像して、みだいは気が遠くなった。

闇が来てしまった。

絶望が深かったせいか、眼前の変化への反応は鈍かった。

誰もいない。

灰色のコンクリートが平原のように広がっているだけだ。

「こんな……みな何処行っちゃったの？」

呆然と見廻すみだいへ、

「寒地夫人が話をつけたらしい」

とメフィストは答えた。

「君を攻撃目標とは見なさなくなったのだ。安心したまえ」

メフィストは通路へ下りて、みだいを下ろした。

「誰もいない。信じられないわ」

「いいや、いる」

「え？」

メフィストは前方正面の闇の彼方《かなた》に眼を据《す》えた。

「行きたまえ」

みだいは眼を剝いた。妖しいものがいるのに行けと言う。これが医者の言う言葉かと、みだいは血が昇った。

「あのね、ドクター」

ふり向いて、眼を剝いた。

いない。

何度も周囲を見廻し、みだいは諦《あきら》めた。

こんなところで愚図愚図《ぐずぐず》してはいられない。進むしかなかった。

「何処行ったのよ、無責任ドクター」

ぶつぶつ言いながら一〇メートルほど進んだ。

眼の前に黒い塊りが落ちて来た。

自動車ほどもあるその正体も見定められないうちに、それは全身をナマコのように波打たせながら、みだいに向かって来た。

「来るな！」

みだいは叫んだ。

勿論近づいてくる。唸りとも、足音ともつかぬ粘《ねば》っこい響きが耳を打った。

何が起きるのかもわからない。恐怖だけがみだいの全身に脈打った。


真吾が自宅近所の黒須《くろす》病院へ辿り着いたのは三〇分後だった。

外科が専門で、大学病院なみの施設を誇っている。

受け入れ拒否もなく、医師の診察もなく、首のCTスキャンを撮っただけで、真吾は特別室へ入れられた。

ワゴン車の中で塗られた薬のせいで、半ば昏睡《こんすい》状態だが、わずかに意識はある。

みだいが一緒にいた。一糸《いっし》まとわぬ姿に真吾は歓喜こそすれ、必要以上の欲情を感じなかった。それは前夜、みだいの家で行なった密戯《みつぎ》の再現に近かったが、真吾には違和感が生じていた。

現実で感じる愛《いと》しさが、幻のみだいにはかけらも抱《いだ》けないのだ。

みだいは構わず熱い肌を重ねてくる。潑剌《はつらつ》たる肉体のかがやきに青春の欲望は燃えさかって当然なのに、真吾は冷ややかにみだいを抱いていた。

ドアが開いて、父が入って来た。病院のドアか他の場所かはわからない。いや、現実か夢かもされだ。


「元気そうだな」

父はにこやかに笑いかけた。

「早速《さつそく》、おまえを仕込んでやろう。ベッドから下りろ」

真吾は従った。裸足《はだし》の足裏に床の冷気が伝わって来た。

「父さん——何しようってんだ？　お祖母ちゃんはどうした？　それと——志麻の化物は？」


記憶ははっきりしていた。

「逃げた。これからおまえにすることは、七〇〇〇年の星霜《せいそう》を経《へ》てなお色褪《いろあ》せない殺人技術だ」

「殺人⁉」

真吾はとび上がった。

「誰を殺せってんだい？　断わっとくが親子の縁を切っても、そんな真似はしねえぞ」

「おれがやれと言ってるんじゃない。七〇〇〇年前に定められた運命だ。逃げることは出来ん」

「誰を殺せって？」

「みだいだ」

「………………」

恐怖が真吾の心臓を鷲掴《わしづか》みにした。真実ゆえではない。長い間、心の底にわだかまっていたものが、彼を納得させたからである。自分が殺害すべきは、あのみだいなのだ。

必死になって守り抜いて来たあのみだい。真吾は彼女を殺さなくてはならないのだった。

だが、

「出来ねえよ。絶対無理」

断言した。

「わかっている。だから、出来るように訓練を受けろ」

「は？」

父は上衣《うわぎ》のポケットから真吾のワルサーを取り出して放った。

「いいか、これからは生命懸《いのちが》けになる。一瞬も気を抜くな。死ぬぞ」

「おい、父さん」

「おれはおまえの父親じゃあない」

父は首を横にふった。

「強《し》いていえば、おまえの〝守り役〟だ。お祖母さんもそうだ」

そんなものか、と真吾は思っただけである。驚きが極端に少ないのは、夢の中だからか。

「いいか、廊下へ出たら、二人の刺客《しかく》がおまえを殺しに来る。容赦《ようしゃ》なく返り討ちにしろ。彼らにも手加減せずにかかれと命じてある。生半可《なまはんか》な精神だと五分と持たんぞ」

「わかったよ」

真吾はワルサーを握りしめた。渡されたホルスターに収めて、ベルトの背中に装着する。弾倉《マガジン》には九ミリ・パラベラム弾一七発が眠っている。

「これで殺せるのかよ？」

「普通は無理だ。おまえなら出来るだろう。行け」

ぽんと肩を叩かれ、何故か逆らえずにドアのところまで行った。

半ば開けたところで思い出した。

「みだいはどうしてる？」

「ドクター・メフィストといるそうだ」

真吾は安堵した。

「よっしゃ」

と廊下へ出た。

照明皓々《こうこう》の廊下には、誰もいなかった。

静けさだけが広がっていた。

やっぱり夢か、と思った。

3

気がつくと、あれはいなかった。

みだいは床に倒れていた。本能的に起き上がろうとして、ひどく消耗《しょうもう》していることを知った。奇怪な物体は跡形もなく消滅していた。

「何処へ行きやがった」

と呻く余裕はあった。

メフィストも見えない。

「私は攻撃目標じゃなくなったって言わなかった？　立派に襲われてるじゃないの」

クレームをつけても聞く者もいない。道は前方に向かっている。みだいのやるべきことはひとつしかなかった。

歩き出す前から、左右の光景に変化が生じているのはわかっていた。

深い森である。それもこの国のようにお上品な代《しろ》物《もの》ではなく天を突き地を覆《おお》う世界樹《せかいじゅ》のような幹《みき》ばかりが、蜿々《えんえん》と並んでいる。

「どいつもこいつも無責任よね。女の子をひとり、こんなところへ放り出してさ」

ぶつぶつ言いながら進むと気がまぎれた。コンクリートの上に木は生えないから、根は地面の下を這っているに違いないが、見定める気にもならなかった。

急に空が暗さを増した。

巨木の枝々が左右から差し交わしてトンネルを形成していたのである。それでも、高さは二〇メートルはありそうだ。

それを見上げて、

「あれ、月？」

黒い天井の真ん中に黄色い光がひとつ点っている。

「〽月がとっても青いから」

おまえは幾《いく》つだと詰め寄られそうな昭和歌謡を口ずさみながら道をこなしていくと、不意に左右で何かが動き出す気配と不可解な音が生じた。

木が動いている。

何千本の幹がゆっくりと一斉に宙へのびていく。どの幹にも三つ叉《また》の枝がついていた。いや、それは指だ。先端から光る爪がせり出していく。

「幹じゃない――脚だわ。すると――」

みだいは上空を睨《にら》んだ。

黄色い月がいきなり消えて――現われた。

まばたきしているのだ。

みだいは一気に走った。左右で轟《とどろ》きが大地を揺らした。

一歩を踏み出したのだ。

頭上からバラバラと蔓《つる》のようなものが落ちて来た。手に絡んだ。首にも巻きついた。胴も巻かれて――あっという間に、みだいは宙に浮いていた。

ぐんぐんと黄色い眼の方に引き寄せられていく。

眼に十文字の線が走った。それが大きく開き、滝のように液体が降って来たとき、みだいは眼の正体に気がついた。

眼ではなかった。口だ。自分は食われようとしているのだ。

「やめてえ！」

真吾は無人としか思えない病院の廊下を歩いていた。

夜明けが近いはずなのに、窓という窓の向こうには闇が詰まっている。

夢なのは、ほぼ確実だった。だが、石の床の感触も、冷え切った、クレゾール臭混じりの空気も、何よりも真吾自身の感情があまりに生々しすぎた。

前方から、ストレッチャーの移動音が聞こえて来た。角を曲がって白衣姿が現われた。医者ひとりと看護師が四人。

猛烈な勢いでやって来る。点滴の瓶がゆれている。

避《よ》けようかと思ったとき、ストレッチャー集団はぴたりと止まった。

先頭の医師が、じろりと血走った眼を真吾に向けて、ストレッチャーに横たわる若い女を指さした。真吾からは顔が見えない。

「新しい心臓と入れ替えなければ、彼女は死ぬ」

と言った。だからどうした、と真吾は思った。

「君は若い。彼女の心臓と替えてくれ」

看護師たちが一斉にうなずいた。

「冗談じゃねえ。いきなり何言い出すんだ？　あんたそれでも医者か？」

「彼女の心臓へ入れ替えても一年は保つ。頼む、替えてくれ」

医者はストレッチャーを離れて、こちらへ向かって来た。

「いいや、君の心臓が欲《ほ》しい。今ここで手術《オペ》を行なう。諸君、準備はいいな？」

また、一斉に。青白い顔の中に血走った二つの眼。

——こら危《やば》い
真吾はワルサーに手をかけた。

相手を見れば威嚇《いかく》射撃など無用だ。

いきなり射った。両膝を貫《つらぬ》いた。

——駄目か
一瞬ためらい、三発目を射った。

眉間《みけん》だった。医者は崩れ落ちた。

「下がれ」

叫んだが、看護師たちは走り寄って来た。無駄と知りつつ脚を狙った。

今度はみな倒れた。

「しめた」

真吾は蠢く女たちの間を縫《ぬ》って走った。

いきなり上着の裾が引かれた。

青白い右手が摑んでいる。それはストレッチャーからのびていた。

　女の顔がこちらを向いていた。

　真吾の両眼が限界まで見開かれた。

　女はみだいだった。

「水垣君……」

　みだいは身をひねり、ゆっくりとストレッチャーから降りた。

　長い手術着の左胸が、黒々と開いている。

　そこへ右手を入れて、みだいは血まみれの心臓を摑み出した。弱々しい膨縮《ぼうしゅく》を繰り返すそれを、みだいは悲しげに見つめた。

「これって、不良品なの……入れ替えないと……私……じき死んじゃうの……お願い……水垣君……あなたのに替えて……私のこと……好きでしょ？……なら……替えてくれる……わよ……ね？」

「来るな、みだい」

　真吾は眉間をポイントした。夢の中で、化物だ。充分にそうとわかっていて、しかし、真吾は動揺した。相手はみだいの顔を持っているのだ。

「お願いよ……お願い」

　みだいは悲しみに顔を歪めていた。頰《ほお》を涙が伝わった。

「……みだい」

　真吾の胸の奥に小さな熱い塊りが生じていた。それがふくれ上がりつつあった。

　それが限界まで達したとき――何が起きるか真吾は理解できた。

「来るな、みだい――来るなあ」

　夢中で叫んだ。

「頂戴《ちょうだい》な……あなたの……」

　みだいは右手を差し出した。小さな心臓が脈搏《う》つ右手を。

　それが、左胸――心臓の上に触れた。

「来るなあ」

　真吾は身を震わせて叫んだ。

――どうしたんだろう。私、空から落ちたのに、全然平気だわ。

違う。落ちたんじゃない。下ろされたんだ。そうだった。あの黄色い口に呑みこまれる寸前に。でも、どうして？

思い出した。下ろして、と叫んだのよ。そうよ。そしたら、大人しく。あの化物、どうして私の言うことを聞いたの？


みだい、起きてくれ。おれは射つつもりなんかなかったんだ。けど、おまえが血まみれの心臓なんか押しつけてくるから、てっきり、おれのが持っていかれると思って。

いや、それだけで、おれは引金を引いたのか？そうとも、自分を守るためにだ。いいや、違う。あの瞬間、引金を思い切り引き絞《しぼ》ったときの気持ちは――〝満足〟だった。達成感だと言ってもいい。

そうとも、おれは、本気で、良心の呵責《かしゃく》もなく、みだいを射ち殺してしまったんだ。ああ、何てことを……。

何てことをした？　おれがみだいを射殺した――それだけだ。今ならわかるぞ。あれは――しなくちゃいけない行為だったんだ。

おれの名は――忘れちまった。わかるのは新しい名前だ。

〈殺手《さつて》〉

俺は、みだいを殺すためにこの世に生を享けたんだ。


その日も、みだいは普通に登校した。

志麻も真吾もいた。

昼休み――三人は声もかけずに屋上へ上がった。

晴天だった。

何人か弁当に箸《はし》をつけている連中の眼につかない用水タンクの裏で、

「もう、わかってるわよね」

とみだいが言った。

二人はうなずいた。

「おれが守るつもりだったんだけどなあ」

真吾が肩をすくめた。

「それは、あたしの役よ」

と志麻が、いつにない明るい声で言った。

「水垣君――あんたははっきり敵よ。みだいに手を出したら、殺す」

「おれもだ」

真吾の声は冷たかった。みだいは胸が痛んだ。味方は志麻、敵は――とはっきりわかったのに、なぜこんなに哀しいんだろう。

「泣くなよ」

と真吾に言われて気がついた。涙が頰を伝っていく。

「そんなもの見たら、気持ちが萎《な》えちまう。もっとクールに行こう。おまえたちが、先制攻撃しかけてもいいんだぞ」

「そうね」

志麻の眼が光った。

「やめて」

みだいが割って入った。

「せめて、学校ではよしましょう。ここは休戦地帯、いつもどおりに会って」

「いいよ」

「いいわ」

穏《おだ》やかな表情に戻った二人にうなずきながら、みだいはこれからどうしようと考えた。それは今まで考えていた虹色の夢に包まれた未来ではなかった。

「雨だ」

誰かが悲鳴を上げた。空は灰色に化けていた。

稲妻が走った。

これだわ、とみだいは納得した。

第七章　操獣師《そうじゅうし》の掟《おきて》

1

帰宅しても、雨は世界を灰色に濡《ぬ》らしていた。

メフィストは留守だが、不安は感じなかった。それどころではなかったのである。

――何てことよ
自分の真の姿もショックだったが、二人の友の運命も彼女を打ちのめした。

――私の護衛と暗殺者。〈守手《しゆて》〉と〈殺手《さつて》〉が志《し》麻《ま》と真吾《しんご》くんだったなんて
これから自分は一体どうなるのか？　志麻はともかくとして、真吾と戦わなくてはならないのか？

その前に、自分は何者で、この身に何が降りかかろうとしているのか？

ほとんど発狂しそうなところへ、

「どーも」

メフィストが帰って来た。昨夜の出来事はすべて話して、何故《なぜ》途中で消えたのかも糾弾《きゆうだん》した。メフィストは微笑し、みだいは恍惚《こうこつ》となって――おしまいだった。

「先生――何処《どこ》へ？」

泣きそうな気分で問い質《ただ》すと、

「隣りの奥さんに買物に誘われてな。この先の〈ローソン〉で、洗剤が七割引だった」

「買って来たんですか？」

「ああ」

とぶら下げたレジ袋をキッチン・テーブルに置いて、ふんふんと鼻歌混りで割り引き品を並べていく。

――楽しそうだわ
みだいは頭を抱《かか》えたくなった。

「お話があります」

「うむ」

「私を治療していただけませんか？」

「治療？」

「怪物を操《あやつ》る能力を消して欲《ほ》しいんです」

「ふむ、そう来たか」

「お願い出来ますか？」

「少々難しいな」

「駄目でしょうか？」

「五分五分《ごぶごぶ》」

「なら、消して下さい」

「五分五分ではメスは握れんな」

「――どうして？　私がお願いしてるのに」

「しくじった場合――」

「こんな運命背負うなら、死んだほうがましだわ」

「死ねればな」

「え？」

「〈操獣師〉になるのは君の運命だ。いかなる存在もこれに異議を申したてることは出来ん。それを無理に変えれば、それなりの報《むく》いが訪れる。副作用のごとくにな」

みだいは身を震《ふる》わせた。それから、

「構いません」

と言った。

「君は強い娘《こ》だ。だが、報いを受けるのは、君ひとりに留《とど》まらん」

「え？」

「君に助力した者も同じ憂《う》き目《め》を見る」

「じゃ、先生も？」

「ふむ」

「それでもお願いします」

「おい」

さすがに柳眉《りゅうび》が寄った。みだいも我に返って、

「ごめんなさい。凄《すご》いこと言っちゃった。でも、どんな目に遭《あ》うんでしょうか？」

「手足が失《な》くなるとかでは済むまい」

「首が取れるとか？」

「それならまだいいがね」

みだいは肩を落とした。この医師が気が進まないほどの苦悶《くもん》が待ち構えているに違いない。

「でも、このままじゃ、私、水垣《みずがき》くんと戦わなくちゃならないんです。しかも、志麻と組んで。そんなこと絶対にしたくない。それに、私を狙《ねら》っているガルテン・ヨーレンという男《ひと》もいます。あの人は私をどうしようというのですか？」

「確証はないが、君の〈操獣師〉としての力を利用しようとしているのだ。恐らく、世界各地に封じ込められている怪魔どもを復活させ、世界的テロでも起こすつもりだろう。自爆テロや核兵器では、人も物も破壊してしまうが、妖物怪魔なら、使いようによってはどちらかを、或《あ》るいはどちらも残存させたまま、テロを完遂《かんすい》させることが可能だ。だが、それが可能な妖物は、人間の言うことなど聞かぬ。古来から血の中に操りの術《すべ》が流れる〈操獣師〉は別としてな」

「私が――それ？」

みだいは虚《うつ》ろな声で言った。

「そうだ」

メフィストは小さくうなずいた。

「そして、水垣真吾は、〈操獣師〉の復活を妨《さまた》げる〈殺手〉。寒地《かんじ》志麻は〈殺手〉から君を守る〈守手〉の運命を負っている。あの二人はその任務を完遂するまで、血で血を洗う死闘を繰り返すだろう」

「やだやだやだ」

みだいは両耳を押さえた。

しばらくそうしていてから、手を離さず、ぽつりと、

「――これしかないわ」

と洩《も》らした。眼には危険な光があった。

「何をするつもりだ？」

メフィストの口調は、緊張よりも揶揄《やゆ》が強い。面白がっていると取れないこともなかった。

「――寝ます」

みだいは立ち上がり、失礼と断わってから、自室へ向かった。

ドアを閉めると鍵をかけ、真っすぐ机のところへ行き、引出しからペーパーナイフを取り出した。

「切れるかな」

ベッドに腰を下ろして、ナイフを手首に当てた。

他に手がないのはわかっていた。

「二人とも、仲良くやってよね」

思いきり、ナイフを引いた。それだけで気が遠くなった。

すっと戻った。

「あれ？」

傷ひとつない。

もう一度、力を込めた。

「やめてくれたまえ」

世にも美しい声が言った。

「え？」

手を見てぎょっとした。

自分の手ではなかった。

眼の前で身を屈《かが》めたメフィストが、白い前腕を袖《そで》口《ぐち》に戻した。

「医者の前で詰《つ》まらない真似《まね》はやめたまえ」


よろめく身体《からだ》を、メフィストは素早く支えて、

「思いつめてはいかん。一杯飲《や》りに行こう」

はあ？　と思ったが、この医師に誘われては断われない。

外へ出た。

雨足《あまあし》は絶えていない。

「何処へ行く？」

と訊《き》かれて、みだいは眼を丸くした。

「知りませんよ、そんな――まだ明るいうちからやってる呑《の》み屋《や》さんなんか近所にありません」

「近所以外は？」

「知りません」

「近頃の女子高生とは思えん無知さ加減だな」

「どんな雑誌やインターネットの情報か知りませんが、そんな呑み屋さんのこと知っている女子高生なんか、い・ま・せ・んっ」

「ふーむ」

メフィストは考え込んだ。

「やむを得ん。一軒、出させよう」

「は?」

「傘を」

みだいが広げると、メフィストも半分入って来た。雨の音が激しくとび散った。

「雨くらい平気じゃないんですか?」

「何を言う。去年、粋《いき》がって雨の中を歩いて風邪《かぜ》を引き、ついでにこじらせて、死にかかった。用心が第一だ」

「もう一本取って来ます」

「いや、これで結構」

ビニール傘をさしかけて二人は歩き出した。

すぐ、みだいは狙いに気づいた。

「ちょっと――触《ふ》れないで下さい」

と、メフィストの腰を押しやり、

「こら」

腰に廻《まわ》して来た手をぴしゃりとやる。

にらみつけると、そっぽを向いて、

「いい雨だ」

などととぼける。黙っていると思うと、ぶつぶつ何か呪文《じゅもん》らしきものを唱えている。

見慣れた住宅街の一角に、はじめて見る明りが近づいて来た。

「今どき」

と思った。

板張りの壁、だった。ぼろぼろの庇《ひさし》、板の桟《さん》が入ったガラスの引き戸、軒上《のきうえ》の白い看板に「呑み処《どころ》」のペンキ文字、決定的なのは、ガラス戸の横に点《とも》った赤ちょうちんだった。

「ここ駐車場のはずよ。いつの間にこんなお店が」

「出来たてのほやほやだ」

メフィストが、ガラガラと引き戸から入った。

傘をたたんでみだいも後を追う。半身ずぶ濡れだ。

「らっしゃい」

ねじり鉢巻《はちまき》に半袖シャツの爺《じい》さんが、威勢《いせい》よく迎えた。隣りで女房らしい年増女《としま》が愛想よく笑った。一升瓶《いっしょうびん》を抱えている。

「これはドクター、何にしましょ？」

「まずタオル。それから熱いのをコップで一杯」

「へい——そちらは？」

夫婦——だろう——は、みだいを見た。

「あ——同じの」

「へい」

みだいはメフィストを見つめて、

「こちら、ドクターを見ても平気なんですね」

「私の作った店だからな」

「は？」

すぐに女将《おかみ》がタオルを渡してくれた。メフィストともども拭《ふ》き終えた頃、コップ酒が来た。

意外と口当たりの良い酒であった。

「イケる口かね？」

メフィストが訊いてきた。

「少しですけど。昔から父の相手をしてました」

「昔とは？」

「小学一年の頃から」

「とんでもない父親だな」

「ええ。でも、嫌いじゃなかったし。今は外国だし」

「そういうものかね」

「ええ。あ、もう一杯」

肴《さかな》はメザシだった。まるで昭和だ。

「これから、どうなるんでしょう」

ぽつりと洩れた。質問ではない。

「ふむ」

メフィストは、何杯目かをあおってから、意外なことを口にした。

「君は危険だが、水垣くんは何とかなりそうだ」

「え？」

と、出たのは数瞬後であった。

「本当ですか？」

「ああ。いまチェックしてみた」

「どうやって⁉」

メフィストが何かをつぶやいたことを、みだいは思い出した。

「じゃ、これから彼のところへ行きましょう」

「あわてるな。もう一杯飲《や》ってからだ」

店主がちろりからコップになみなみと注《そそ》ぎ、

「おっとっと」

つまむように持ち上げると、器用に呑み干してしまった。

「よし、行くぞ」

立ち上がった途端《とたん》に垂直に落ちた。

「ちょっと⁉」

眼を丸くするみだいへ、

「大丈夫だ、いま立つ」

しっかりした口調で伝え、またへたりこんだ。

「こら、いかんなあ」

店主が腕組みしたとき、苦笑を浮かべていた女将が急に、ガラス戸へ眼をやって、

「来たよ」

と言った。

みだいの背を冷たいものが走った。

尾《つ》けられていたのか？

メフィストが、どうした？　と訊いた。舌がもつれている。

「駄目だな、ドクター」

店主が頭を叩《たた》いた。ぴしゃん、といい音が響《ひび》き渡る。

「女将さん——誰が来たの？」

どうして呑み屋の女房に外の敵がわかるのか、それを不審に思う余裕もみだいにはなかった。

「多いわね。三人——、四人——五人いるわ。みんなスーツ姿。でも、大人しいサラリーマンじゃないねえ」

「どうしよう？」

「任せておけ」

地面から、まるで頼りにならない——しかし、美

しい声が上がった。

椅子《いす》の脚《あし》を摑《つか》んで立ち上がろうとするメフィストに手を貸して、みだいは何とか立たせた。

「どうします、ドクター?」

と店主が訊いた。

「これ貸しましょうか?」

柄《え》を先に差し出された包丁を、メフィストは押し返した。

「切る道具なら当てがある」

「ごもっとも」

「行くぞ」

繊指《せんし》がガラス戸を指さした。

「でも」

「進まねば目的地へは辿《たど》り着けん」

この酔っ払いが、エラそうに、とみだいは胸の中で罵《ののし》った。

「それでは、おふたり」

カウンターの方をふり返って、メフィストは右手を上げた。

「勘定《かんじょう》はこの次に」

「へい、いつでも結構です」

何となく脱力したみだいへ、

「行くぞ」

と声をかけ、メフィストは戸口を抜けた。

2

雨は熄《や》んでいたが、世界はずぶ濡れだった。

陽光は去り、街灯の光まで闇に滲《にじ》んでいる。

二人の前方五、六メートルほどのところに黒いリムジンを背後にした影が立っていた。

素手である。

怯《おび》えがみだいを包んだ。自分が普通の人間でないと認識しても、その違いがわからない以上、対人的恐怖は変わらない。

「ドクター・メフィストですな?」

向こうが先陣を切った。

「左様《さよう》。ひっく」

駄目だ、酔っている。みだいは天を仰《あお》ぎたくなった。

先頭のひとりが右手を上げた。太い指はみだいをさしていた。

「その娘を渡していただきたい」

「何だ、おまえたちは?」

メフィストが低く訊いてから、ひっくと洩らした。

「我々はガルテン・ヨーレンを捜索している者です。奴の目的はわかっていたが、そのために必要な道具が判明しなかった。今日ようやくその娘だと突き止め、家へ行きましたが、ひと足遅れました。随分《ずいぶん》と近所を捜しましたぞ。しかし、何もない空間から現われるとは思わなかった」

――?

みだいはふり返った。

店はそこにあった。屋根からは焼物の煙が上がっている。ガラス戸を通して、洗い物の音がする。

この男たちには見えないのだ。

ドクター・メフィストがこしらえた店が。

「ヨーレンなら知っている」

とメフィストは、げっぷをこらえながら言った。

「その狙いも想像はつく。だが、嫌がる娘を無理にというわけにはいかんぞ」

「ヨーレンの目的は我が陣営の秩序《ちつじょ》を脅《おびや》かすものなのです」

と男は言った。ひそやかな怒りに似た感情が、その身体を包みつつあった。

「それはそちらの都合だ。この娘さんは――どうだね、行きたいかね?」

「真っ平よ」

「というわけだ」

メフィストは仁王立《におうだ》ちで言い放《はな》った。

――カッコいい!

「下がれ」

右手が男たちを払うように動き――急に沈んだ。

「ちょっと――ドクター⁉」

へたりこんだ酔っ払いの腕を摑んで、みだいは夢中で引っ張り上げようとした。

「お、おお」

足をもつれさせつつ立ち上がった白い医師とみだいの周囲を、五つの影が取り囲んだ。

――危《やば》い
みだいには絶望的な事態だった。

しかも――

男たちは変わりつつあった。

背中から翼《つばさ》状の膜が開き、羽搏《はばた》くと同時に空中に躍《おど》った。

両手の爪は鉤《かぎ》と化していた。

「ほお、生物兵器か」

メフィストが、ぼんやりと訊いた。

男はうなずいた。

「砂漠の戦いは空と陸――航空兵器と戦車同士の戦いになります。地上より肝心《かんじん》なのは制空圏。しかし、最新のジェット戦闘機同士の戦闘は、一機落とされれば数千億円の損失を伴《ともな》います。最も安価《あんか》な兵器とは、ドクター・メフィスト――所詮《しょせん》は人命なのですよ」

「そのとおりだ、げっぷ」

「我々の政府は、その結論に基《もと》づき、我々に改造を施《ほどこ》しました。F4ファントムよりも速く飛べるように、M2エイブラムスの装甲さえ紙のごとく貫《つらぬ》けるように。そして、任務が終われば、バグダッドのバーで、ベリーダンスを愉《たの》しみながら酒盛りが出来るように。しかし、そんな優れた兵器も、その娘がひとたび眼醒《めざ》めれば、すべて無効と化します。ガルテン・ヨーレンの術中に嵌《はま》る前に、我が国へ拉致《らち》しなくてはなりません。ドクター・メフィスト、お渡し願います」

みだいは白いケープにすがりついた。

「実を言うと、この娘の退院書類はこしらえておらん。従って、まだ我が患者ということになるな」

「――すると？」

「渡すわけにはいかん。待っているのは精神改造だ」

「やむを得ませんな」

男が羽搏いた。二人の足下《あしもと》で水溜《みずたま》りが波立った。

「断わっときますけどね」

とみだいが叫んだ。

「あんたたちみたいな改造人間、この街には腐るほどいるのよ。そいつらが一〇〇万匹束《たば》になってかかっても、ドクター・メフィストのケープさえ触《さわ》れないんだからね」

「そのとおりだ」

メフィストが自信満々でうなずいた。顔が少し赤い。

「改造を施されてから、我々にとってもこれが初陣《ういじん》です。ドクター・メフィストが相手とは光栄の至りですな」

「それはどうも」

そして、げっぷと洩らした刹那《せつな》、メフィストの身体は消滅していた。みだいの全身を風が叩いた。

メフィストは凄《すさ》まじい速度で上昇中であった。

マッハを軽く超えている。耳もとで風が唸《うな》った。

両肩には鉤爪が食いこんでいた。周囲には二つの影が随伴《ずいはん》中である。

「ドクターは地球の重力圏を脱出した地点で放棄します。永遠に宇宙のさまよい星となるがよろしいでしょう」

「それは困ったな」

メフィストはひとつ震えた。高度はすでに一万メートルを超えている。気温は零度以下だ。

「酔いもさめそうだ。そろそろ戻って、もう一杯飲るか」

「？」

白い手がケープへ入ると、何かを摑み出して戻った。

拳《こぶし》の中からせり出して来たのは、一すじの針金であった。

それは凄まじい上昇速度に曲がりもなびきもせずに、何やら巨大な形を形成していった。


みだいの周囲には二人の見張りが残されていた。

「もう。あっち行け！」

と怒《ど》鳴《な》っても打ちかかっても、或いは逃げようとしても、信じ難《がた》い速度で躱《かわ》し、後ろへ廻り、また頭上を越えて眼の前に降り立つ。

ついにみだいは息を切らして、アスファルトの上にへたりこんでしまった。

汗を拭き拭き見上げると、男たちは笑うでもなく冷ややかに眺《なが》めているばかりだ。

「くっそお〜〜」

頭の芯が熱くなった。


——やっつけろ！

その瞬間、眼の前の二人が大きく左右へとびのいた。

その軌跡の中心——三メートルほど前のアスファルトへ、凄まじい勢いで叩きつけられたものがある。

みだいの顔と手に、風を裂く勢いで生あたたかいものがとんだ。

「——血⁉」

また来た！　今度は顔だけはカバーし、みだいは落下物を見下ろした。

二度と眼はつぶれないような気がした。

無《む》惨《ざん》にひしゃげ、脳味《み》噌《そ》はとび散っているが、メフィストと会話し、メフィストと消え去った男の顔だ。その向こうのは胴体だ。最初の二つは？——両腕に間違いない。

それも、刃物で切り離されたのではない。ひきちぎられたか、食いちぎられたかのような無惨な切断部を見せている。

「降ってくるぞ」

ひとりが叫ぶや、みだいの身体は宙に浮いた。もうひとりが神速で背後に廻るや、腰を抱いて一気にとびずさったのだ。

続けざまに墨《すみ》のようなものが路面にとび散った。落下して来た塊《かたま》りの放った血だ。塊りは人の部品であった。

手が足が、四方にとび散り、跳ね上がった胴がうずたかく積み上がり、最後に、その上に生首がひとつめりこんだ。

みだいの背後で、

「三人全部だ」

と、呻《うめ》き声が震えた。

「まさか――どうやって？」

――甘く見たわね、やっぱり
みだいは胸の中でつぶやいた。嘲《あざけ》ってやるつもりだったのに胸は恐怖で重く塗りつぶされているのだった。かろうじて思った。

――ドクター・メフィストを
「コドフ――その娘を連れて移動するぞ」

「了解！」

みだいの身体が浮いた。

腰に廻した腕から痙攣《けいれん》が伝わってきた。

地面に落ちて、よろめき、みだいは何とか体勢を立て直した。

男が呑み屋の方をふり向いたところだった。

その背中――恐らく心臓の真上に、凄まじい凶器が生えていた。

柳刃《やなぎば》包丁の柄だ。刃は胸から突き出ているだろう。

呑み屋の前に、店主夫婦が立っていた。包丁を投げた姿勢から戻ったのは女将のほうだった。

店主をふり返って、

「どうだい、おまえさん？」

「てえしたもんだ」

店主は腕組みしてうなずいた。

「さすがはおれの女房だぜ」

「一体……、誰が？　何処にいる？」

男の声に、みだいは心中ああと呻いた。

「莫迦《ばか》な……包丁一本……おれの身体は……不死身に近い……こんな……で……」

その言葉には何の意味もない証拠に、男はその場へうち伏した。

もうひとりが前へ出た。

右手に握られたペンシル形のレーザー・ガンが真紅《しんく》の光を横に走らせた。それは店主夫婦の胸を輪切りにし、背後の店すらも両断してのけた。

夫婦は指さして笑った。

「やるねえ、さすがドクターの敵だ」

「でも、あんた――これじゃ、子供の遊びだよ」

「何処にいる？」

男が叫んだ。

彼の眼には、駐車場の奥の石壁が横一文字に切り裂かれたとしか映らないのかも知れない。

棒立ちになった男の頭上から巨大なものが下りて来た――と見えたのは、月光を受けてかがやく翼や胴体の輪郭《りんかく》のせいで、その隙間《すきま》からは頭上の闇と星々が望めた。

男はもう動かなかった。鋭い爪の輪郭が両肩を押さえつけていたのである。

マンモスの牙《きば》ほどもある嘴《くちばし》が大きくのけぞった。

ひとふりで男の頭など突きつぶされてしまう。

重いものが地面に叩きつけられた音が、嘴を止めた。

白いケープ姿が大の字に伏したまま、

「――いかん。酔っている」

と、地上一万メートルから墜落《ついらく》したにしては、呑《のん》気《き》な感想を吐いた。

「ドクター」

駆け寄ろうとするみだいの前に、男が立ちふさがった。

針金づくりの巨鳥は、メフィストの帰還とともに崩れて、地上にわだかまってしまったのである。

「来い」

男がみだいの右肩を摑んだ。骨まで痺《しび》れる力であった。

彼は車の方へ歩き出し、みだいは為《な》す術もなく引きずられた。

車のドアに手をかけたとき、低い唸りが男の足を止めた。

男は愕然《がくぜん》と通りの方を向いた。

「さんざか捜したぜ」

水垣真吾は片手を上げて、みだいにウインクしてみせた。

3

「助けて——この人は……」

「モサドだよな?」

真吾は面白くもなさそうに言った。

「みだいを連れてくのはわかるが、あんたたちがいくら強力でも、別世界の力には勝てない。みだいは世界を破滅させる獣たちの総帥《そうすい》になるだろう。それを止めることは誰にも出来ない。モサドにも、ガルテン・ヨーレンにも」

ちら、とのしイカ状の白いケープ姿へ眼をやって、

「ドクター・メフィストにも。だから、滅《ほろ》ぼす他はない。それは、僕だけが可能な仕事だ」

真吾は腰の後ろに手をやった。ワルサーを抜くまで男は待たなかった。

みだいを残して男は走った。

二歩目で滑空《かっくう》状態になった。真吾へ突進したのは、メフィストを連れ去ったのと同じ化鳥《けちょう》だった。

光点が瞬《またた》いた。

銃声はその後で聞こえた。

耳を覆《おお》いたくなるような叫びを上げて、鳥人は右

へ傾いた。翼を地面にこすりつけながら真吾に肉迫する。

もう一度、月下の銃声。

真吾は軽く横へのいた。鳥人の嘴は、彼の立っていた位置を越えていた。

みだいには信じられない光景であった。

この化物《ばけもの》がたかだか平凡な拳銃弾に射殺されるとは。

なおも痙攣する身体へ、真吾はもう一発射《う》ちこんでとどめを刺すと、みだいの方へ向いた。

「水垣くん……」

みだいは真の怯えを感じていた。身体の深い深いところから戦慄《せんりつ》が滲出《しんしゅつ》してくる。その原因が、まさか真吾とは。

「みだい——ごめんな」

真吾の顔に、まぎれもない哀《かな》しみの色が広がった。

「よして」

自分の声がひどく遠くに聞こえた。

これまで順調に生きて来た。誰とも変わりはなかった。このまま続くのだと思っていた。

大学へ行き、好きな相手と結婚し、何人かの子供を産んで、それなりの生活を送っていける。先のことはわからないけれど、奈落《ならく》が待ち受けてるとは思わなかった。あってもたいした深さではない。それで終わりだ。平凡だが悔やむこともない。

まさか。

何もかも狂い出している。そして、直しようがない。

——これが運命?

なら良くわかる。真吾がこちらへ武器を向けた。頬《ほお》に光って見えるのは、あれは涙だろうか。だとしたら、少しは救いがあるわけだ。

「やめて」

思い切り声が出た。そうか、疲れてはいるが、怖《こわ》くはなかったのだ。そして、ドクター・メフィストは酔いつぶれていた。

「ストップ」

野太い声が命じた。真吾は髪の毛一本動かさず、誰だ？　と訊いた。

「ガルテン・ヨーレンだ」

声の主《ぬし》は真吾の背後――駐車場の敷地の端《はし》に立っていた。ベレー帽にアーミー・コート、ブーツが似合う。ただし――素手と来た。

「〈殺手〉のことは知ってる。理解もする。だが、いま〈操獣師〉を殺されては困るのだ」

真吾は応じなかった。

引金を引いた。

これからは別次元の物語になる。

みだいと銃口の距離は約一八メートル。弾丸の速度は秒速四五〇メートル、〇・〇四秒でニッケル被《ひ》甲《こう》の弾頭はみだいに到着する。

それより速いものがいた。

右から左へ――みだいを突きとばし、真吾の胸板《むないた》を貫通《かんつう》した。

前者は通りから。後者はヨーレンのコートのポケットから。

みだいをメフィストのかたわらに立たせて、寒地志麻は大きく弧《こ》を描《えが》いて着地したものを見据《みす》えた。

その向こうで、真吾が仰向《あおむ》けに倒れた。

水晶《すいしょう》に似せて鋼鉄から削《けず》り出したような頭部、身体は翼を折り畳んだ鳥だ。

「志麻――水垣くんが⁉」

「下がってて――ドクターを起こすのよ」

こう言って志麻は喉《のど》を鳴らした。獣の唸りが洩れた。

「志麻――その手……」

金属の光沢《こうたく》を放つ鉤爪へ、志麻はちょっと目を落とした。

「見ないで。あんたを守るための必需品なんだからね」

「やめて――お願い」

「そうはいかない。これがあたしの運命なのよ。死んでもあんたを守ってみせるわ」

「あたしのことなんかいいから――二人ともやめて」

泣くような叫びを、男の声が消した。

「そのとおりだ。我々が戦う必要はない。〈殺手〉は始末した」

「なら、好きになさいよ」

と志麻がうるさそうに言った。

「いいとも。君の友――守られ人を渡してくれたらな。目的はもう教えた。そうだろ?」

「ええ、よおくわかってるわ」

「なら渡せ」

「駄目よ」

志麻は胸を張った。ひと息吸いこむたびに、肺の中で炎が燃えるようだ。

「意地を張る相手を間違えてはいないか? 君を眼醒めさせ、今回の戦いの真相を教えたのは私だ」

「そんなもの、自然にわかったわ。みだいを渡すなんて約束はしていない。私は与えられた任務を果たすだけよ」

「君と私が争う必要などどこにもない。みだいくんを狙った〈殺手〉は私が始末したではないか」

「そうして、みだいをテロの道具に使う」

志麻は陰々たる声で言った。

「いいわよ、みだいがうんと言うのなら」

彼女は友を見た。みだいは白い医師の上に屈みこんで、その頬を叩いていた。

志麻に気づいて、え、なに? と困惑顔になった。

「そちらのテロリストさんが、あなたを連れて行きたいんですって。どうする?」

「私を? 何のために? ちょっと、ドクター」

袖を引いたが、メフィストは、げっぷを連発するばかりだ。

「もう!」

とふりとばして、二人の方を向いた。

「——何よ？　連れてくって、何？」

「そろそろ自分の真の姿がわかったろう。君は世に二人といない〈操獣師〉なのだ」

その言葉は、みだいの頭の中で妖《あや》しく鳴り響いた。

「まさか、恐竜だの、モア鳥だのが相手じゃないでしょうね」

「この世のものに非《あら》ず」

テロリストがうすく笑った。

「じきにわかるとも。じきに、な。だが、それらは万人《ばんにん》にとって、いや、この宇宙にとってさえ危険な存在だ。いったん召喚《しょうかん》すれば、誰ひとり制禦《せいぎょ》は出来ん。古《いにし》えの〈操獣師〉を除いては」

「大げさすぎない？」

さすがにみだいも呆《あき》れた。宇宙って何よ。

「世界は混迷の渦《うず》に身を任せている。誰ひとり、それを乗り切る舵《かじ》を操る術を持っておらんのだ。その隙に乗じて、大国は再びかつての植民地時代の再来を狙っている。植民地と言っても、大地の占有ではない。異世界の植民だ」

——こりゃ駄目だ、とみだいは確信した。こんな誇大妄想野郎が、自分と関わろうとしたことがすべての原因なのだ。水垣くんも志麻も、こいつの狂気に呑まれて精神に異常を来《きた》したに違いない。

「アメリカとロシアはすでに第二次大戦終結時から、核開発とともに異世界への侵入計画を実施していた。それから六〇年余——ようやく奴らは次元の壁を通過する方法を実現してしまった。いいか、異世界とは別の宇宙のことだ。我々の世界が含まれる宇宙と同じ規模、同じ広さの宇宙がそこには広がっている。そして、我々のような生活者も存在しているのだ。おまえはどう思う？」

「どう思うって？　ちゃんと挨拶《あいさつ》して話し合えば問題ないんじゃない？」

いきなり、ヨーレンは吹き出した。

「そうだな、こんな話をしても仕方がない。結論だ。大国は別世界へ侵入し、そこにいる住人たちを武力をもって支配しようと企《たくら》んでいるのだ。だが、異世界の存在も黙ってはいない。彼らもまた侵略者を討《う》ち、やがて、侵略者の世界を奪おうと逆侵略を策すだろう。欲望とはそうしたものだからだ。そんなことになってみろ、それこそ新たな世界大戦の始まりだ。いや、〝異世界大戦〟というべきか。何としても、それを防がねばならん」

——なんだ、このテロリストは、よくわからないけど戦争をやめさせようとしているのかと、みだいは納得しかかった
「それで、あたしに何をさせようってのよ？」

「いまのアメリカ、ロシア、中国の勢いはどんな力をもってしても止められん。特に三国が極秘裡《ごくひり》に手を結んでいるとあってはな。奴らの野望を食い止めるには、この世界以外の武器が必要だ。それがおまえの操る〈獣たち〉なのだ」

「何処にいるのよ、そ、ん、な、の？」

「それはおまえしか知らん。我々は待つしかない」

「もう、鬱陶《うっとう》しい！」

みだいは地団駄《じだんだ》を踏んだ。

「私をどうにかしたいくせに、煮え切らないわね！これじゃいつまでたっても、らちが明かないわよ」

「そのとおりだ。だが、これは時間の問題だ。タイム・リミットを迎えたとき、君はおれと一緒にいてもらおう」

「いーっだ」

みだいは、しかめっ面《つら》を突き出してやった。

「嫌だそうよ、ヨーレンさん」

志麻が、何かを抑《おさ》えたような声で言った。

「さっさと何処かへ——いいえ、行かないで。いま始末してあげる」

その白い喉がぐるると鳴るや、娘は身を低くして、ヨーレンの方へと歩き出した。身体はさらに低く、足取りはさらに速く、そう、駆けるがごとく。

ちっ、と洩らすや、ヨーレンは娘へ右手をふった。

水晶状の頭部が舞い上がるのを、志麻は眼もやらず、感じた。

右斜《なな》め上方から突っ込んで来る。躱すのは不可能なスピードであった。

志麻は右手で地面を掻《か》いた。アスファルトはおびただしい細片《さいへん》となって水晶の鳥を襲った。灰色の煙《えん》壁《ぺき》の中へ鳥は突っこんだ。頭部は傷ひとつなく、しかし、胴体は容赦《ようしゃ》なく引き裂かれた。

斜めに滑空してアスファルトに叩きつけられた鳥の上に、志麻が躍りかかった。

右手のひとふりであった。

水晶の首が大きな弧を描いて、西の壁にぶつかってつぶれたときにはもう、志麻は水晶鳥にのしかかって心臓をえぐり取っていた。

血まみれの爪の先を、ねっとりと舌でなぶる姿は、もはやみだいの親友のものではなかった。


「やるなあ」

ヨーレンが拍手を送ってよこした。

「これで連れて来た三匹――残りは一匹になっちまった。だがな、こいつはなかなか手強《てごわ》いぜ」

「あなたもわかっていないわね、〈守手〉の真の力を」

志麻の言葉は地を這《は》って聞こえた。

みだいは眼を見開いていた。志麻？　いま、獣みたいに地上すれすれに屈んでいる、毛むくじゃらないものがあなたなの？

「では――行くか」

ヨーレンがコートの前ラインに手をかけてうなずいてみせた。

「治療から戻った二匹目はいま殺《や》られた。出ろ、〝案内役〟」

コートの前は開かれた。そこから、ふわりと全裸の女が現われたのである。

第八章　招く者

1

長い髪で顔は見えなかった。

意外な姿に志麻も戸惑《とまど》った——と見えたのも一瞬、娘は手もとのアスファルトをひと掻きすくって投げた。新参者への小手調べだったに違いない。

怪鳥を撃墜《げきつい》したつぶての嵐が直撃すれば、人間の、ましてや全裸の女ごとき、たちまち血肉と化して粉砕《ふんさい》されるはずであった。

女が両手を広げた。それは、灰色の嵐に、あちらへ行けと示しているかのように見えた。

そして——嵐は裂けた。万を超す死の細片《さいへん》は、二すじの奔流《ほんりゅう》と化して女の手が示す先へと曲進《きょくしん》したのである。

志麻が猛然と地を蹴《け》った。今度は小細工にあらず本体だ。女の魔力はこれを防ぎ得《う》るか。

白い手が右横を指した。志麻の顔がわずかに上向《うわむ》いたが、それだけだ。

次の瞬間、女の身体は鉤爪のひとふりで真っぷたつになっていただろう。

だが、志麻の身体はその寸前、大きく跳躍《ジャンプ》するや、後方の壁に吸いこまれた。

ぐしゃ、という音がした。

組んだ両手を頭上から下ろして、女は右手をみだいの方に向けて手招いた。

身体が滑り出すのをみだいは意識した。踏んばろうとしても、摩擦係数《まさつけいすう》がゼロになったかのように路面を滑走してゆく。

それこそあっという間に、女のかたわらを通過し、ヨーレンの下へ——

銃声が轟《とどろ》いた。

のけぞったのは白い裸身であった。

左の乳房のやや上を押さえただけで、どっと仰向けに倒れ、すぐ動かなくなった。即死だ。

みだいの動きは止まった。

何か叫んでヨーレンが手をのばす。その左胸に小さな穴が開いた。彼も吹っとんだ。こちらは急所を外したらしく、アスファルトの上で、

「貴様は……」

と呻いた。

みだいはもう救い主の正体を確認していた。

「水垣……くん」

月光の下で〈殺手〉——水垣真吾は硝煙漂《しょうえんただよ》う黒い凶器を手に立ち上がるところだった。

「大丈夫なの⁉」

真吾はうなずいた。

「おれは死なないんだよ、みだい。おまえを殺すまで」

悲しみと苦悩に満ちた声は、何よりもみだいの胸を直撃した。

「どうして？　どうして、あなたが、あたしを？　いつも言ってたじゃない。あたしを守ってくれるって」

「……そうだったか」

真吾はうすく笑った。

「いえ、口に出しては言わなかったかも知れないけど、あなたはいつもそう言ってくれてたよ。その眼で、その表情で」

そうなのだ。みだいがそう感じたとき、この若者の眼はいつもかがやいていたのだった。

「そうか……そうだったな」

真吾の笑みはさらに深く哀しげになった。テロリストに向けられたままのワルサーが、ゆっくりとみだいをポイントした。

「ねえ、聞かせて。私を射てば、水垣くんは元に戻るの？　元のあなたに戻れるの？　それから——志麻も？」

「——わからない」

「そうなの——なら、いいや」

みだいは眼を閉じた。

「射ってよ。早く」

「よせえ！」

地の底の悪鬼が叫ぶような声が迸《ほとばし》った。

ガルテン・ヨーレンは上半身を血に染めながら立ち上がった。

「その娘はおれのものだ。さっさと失《う》せろ——糞餓《くそが》鬼《き》」

「うるさい」

真吾は冷たく言った。銃口がひょいと動くや、火を噴いた。

これが凡人《ぼんじん》の銃弾なら一片《いっぺん》の痛覚も味わわずに済んだのだろうが、死から蘇《よみがえ》った若者の弾丸だ。ヨーレンは独楽《こま》のように回転して横倒しになった。

「貴様あ」

起き上がろうとする身体がさらに三度のたうった。

路面に黒血の領土を広げながら、ヨーレンは動かなくなった。

みだいは呆然《ぼうぜん》と新たな死を見つめた。また死んだ。殺したのは真吾だ。どうしてこんなことになったのか。こんな連鎖の始まりは何処だ？　誰のせいだ？

答えはわかっていた。

「みだい」

と真吾がワルサーをポイントした。銃口から硝煙が上がっている。次の標的は決まっているのだった。

「水垣くん……やめて……でないと、私……」

真吾の表情に緊張が差し込まれた。

「おお——私はどうなる？」

「こうよ」

その声は、真横から真吾に激突した。

苦鳴《くめい》と銃声と——肉を裂く音が続いた。

真吾はよろめいた。首すじを押さえた手の平から黒血がしたたり、前方に離れた志麻へと、彼はもう一発射った。

「やめて！」

みだいは走った。もう何も考えられなかった。終わらせなければならない。友と友の死の連鎖を。

真吾がワルサーを向けた。

みだいには認識もできない深く暗い底で、何かが閃光《せんこう》を放った。

「……いか……ん……出……すな……」

正《まさ》しく地を這う声。とうに死んだはずのヨーレンが、みだいにのばした手の先で、指が空《むな》しく曲がった。

ぎゅおおおおん
異様な咆哮《ほうこう》が月下に噴出した。

真吾が眼を剝《む》いた。

志麻が表情を失った。

ヨーレンが顔を伏せた。

事態が終わり——始まったのだった。

それは縦横三メートルもある毛皮の塊りのように見えた。

「みだい——止《と》めろ!」

真吾が叫んで——血を噴いた。

「みだい——やめて!」

志麻の叫びにも血が混じった。

「……消すんだ……消せ」

そして、ヨーレンは動かなくなった。

敵も味方も消滅を希求する対象は赤黒い巨塊か。

それはゆっくりと、頭とも首ともつかぬ部分を廻して、世界を観察しはじめた。

何処から壊してやろうかな、とでもいう風に。

「とうとう……出て来たか……」

真吾が血の言葉を吐いた。

「みだい……どうする気だ?……」

睥睨《へいげい》中の首が止まった。それから、ゆっくりと真吾の方へ伸びはじめた。発条《ばね》仕掛けのオモチャに似ていた。

黒い先端には眼も口もなかった。だが、次の瞬間、真吾に何かが起きるのは確かだった。

そのとき、闇に光がみちた。おびただしい光のすじが天空から落下したのである。正しく光のシャワーであった。

そのどれもが火花ひとつとばさず、接触した壁に地面に吸いこまれていく。

黒いものの首が、ひょいと戻った。

その刹那、ヨーレンとみだいの身体が凄まじい速度で志麻の頭部が激突した壁へと滑走したのである。

いつの間にか、そこに紫色の長衣をつけた長身の男が立っていた。その広げた腕の中に入った二人を抱き止めて、男はにんまりとした。

「おれはアギーレ・バブチュスカ。ある爺《じじ》いを追ってこの国まで来たが、おかしな縁で〈操獣師〉を手に入れた。おい、化物――おまえも一緒に来るか？宇宙線のシャワーを浴びて、少し弱っているようだがな。一万年分をまとめて浴びると、やはり、おまえにも効き目のある宇宙線があったらしいな。さあ、ついて来い。ゆっくり治療してから、この世界をどうにかするやり方を教えてやろう。くく、愉しいぞ」

その声が終わらないうちに、黒いものが不意に沈んだ。みるみるアスファルトの地面に吸いこまれ、ぽっと消えた。

「ほお。異《い》なことを」

それでもうす笑いを浮かべていたアギーレの腕の中で異変が生じた。

みだいの身体が、これも凄まじい勢いでもと来た方向へと引き戻されたのだ。

これにはアギーレも眼を剝いた。

みだいを抱き止めたのは、柔らかい女の腕であった。ぐったりと崩れるみだいを素早く店の奥に入れ、ガラス戸を閉めた。

「ほお。作りものにしてはよく出来ておる」

男――アギーレ・バブチュスカは声もなく笑った。この男にだけは呑み屋の正体がわかるらしい。

「となると――狸《たぬき》寝入りになるか」

アギーレの視線が横たわる白い医師を貫いた。

「はは、バレたか」

しかし、げっぷとつけ加えて、ドクター・メフィストはもそもそと起き上がった。

「わしが加わるのも面倒でな。若い者は若い者同士で話をつけさせよう。いざとなったら出て行くつもりだったが、どんどん話がでかくなっていった。しかし、おまえまで出てくるとは思わなかったぞ。アギーレ・バブチュスカ」

「行くとも、おまえの行くところなら、何処までも、な。まだ決着はついておらん」

「それはそうだ」

メフィストは、ぴしゃりと額《ひたい》を叩いて、

「だが、ここでやり合うか――私は預かってもらったが、おまえには荷物があるぞ」

「そのとおりだ。二人もな」

アギーレは空いた右手を、ある方向へのばした。

その腕の中にとびこんで来たのは、真吾だった。


「これで二人――ちと目算《もくさん》が狂ったが、面白い使い方は出来そうだ。また会おう、偽《にせ》ドクター」

「む」

とメフィストが眼に険《けん》を宿した刹那、紫の長衣が水に滲む絵具のように広がって、三人を隠した。その色が薄れ、背後の光景を映し出したとき、三人の姿はなかった。

「やれやれ」

メフィストは軽く頭をふって、呑み屋の方を向いた。

ガラス戸が開いて、みだいと主人夫婦が現われた。こっそり覗《のぞ》いていたらしい。みだいは立っているが、表情は虚ろだ。

「無事ですかい、ドクター？」

店主が手にした柳刃包丁を下ろして訊いた。

「大丈夫だ。その娘はどうだね？」

「まだ術から醒めてませんが、それだけで」

「それはそれは」

「ですけど、何か不憫《ふびん》ですよ、ドクター」

女房が、痛ましげに視線をみだいに送った。

「こんな若いのに――まだ高校生でしょうが。それが〈操獣師〉だなんて。あたしゃ神さまてな悪党としか思えませんね」

「同感だ」

とメフィストは微笑して、よろよろと三人に近づき、みだいの腕を取った。

「邪魔をしたな」

「とんでもねえ。あっしらは、あんたの作品ですぜ。良かったら、またこさえて下さいな」

店主の声に、女房も、

「よろしくお願いします」

と頭を下げた。

「む。では、またな」

片手を上げて挨拶し、メフィストはよろよろと駐車場の出入口へと歩き出した。白い影が入って来たのはそのときだ。

何もかも色褪《いろあ》せるがごとき美貌《びぼう》。地に落ちる影が他人より薄いのは、陽《ひ》も月も恥じらうからだという。

「これは、ドクトル」

と白い影が言った。

「これは、ドクター」

とメフィストが返した。あり得ない。あり得ない。ドクター・メフィストが二人いるなどと。

2

「もう、よろしいでしょう、ドクトル」

と、みだいを庇《かば》ったメフィストが声をかけた。

「何を言う、この偽者め」

酔っ払いのメフィストが言い返した。

「その娘は私の家主《やぬし》だ。その返礼として、私はガード役を務めておる。邪魔は許さんぞ」

「その辺は話し合いましょう。我々の共通の敵はア

ギーレのようです」

「それは当然のことだ。だが、その娘がいる限り、奴の暗躍は止まらんぞ」

「それはおかしな話ですな。アギーレの目標は別の人間です。彼女を必要としていたのは、ガルテン・ヨーレンのほうです。そのヨーレンは――」

「死んだ」

もうひとりのメフィストは、ほくほくと破顔《はがん》した。

「なら、最早《もはや》、この娘が狙われる理由はありません。後は〈操獣師〉としての運命を忘れさせればよろしい。運命は変えられなくても、忘却《ぼうきやく》することは可能です」

「そうは簡単にいかんぞ」

もうひとりのメフィストは、大きく否《いな》の身ぶりをした。

「おまえも、一般人どもの治療だけで、考えが甘くなり下がったか。いちど〈操獣師〉の本性に眼醒めた以上、運命はすべてそうして生きることを強制する。いくら〈魔界医師〉といえど、これは変えられん。それに――」

「それに……」

「ガルテン・ヨーレンをわざわざ連れ去った以上、アギーレは腹にいちもつ抱えておる。あれも、〈操獣師〉の虜《とりこ》になってしまったようだ。この世界を弄《もてあそ》ぶ愉しみを味わいたくなった、と私は考える」

「何故《なにゆえ》です、ドクトル――ドクトル・ファウスト？」

かたわらで、みだいが、え？　と洩らした。

「ふむ、バレては仕方がない」

酔いどれメフィストは、顔をひと撫《な》でした。

何処となく人の好《よ》いハゲ頭の老人が現われた。

「私……あのお爺さんと一緒に？」

「そうだ」

「いやあ、楽しかったぞ」

と老人――ドクトル・ファウストはにこやかに言

った。

「おまえの寝室とシャワー室を覗けなかったのが残念じゃが、まあ仕方あるまい。美味《うま》い酒もしこたま飲めたし、充分充分」

「人間、ある道を極《きわ》めると、後は堕落《だらく》しかないようですな」

とメフィストが軽蔑《けいべつ》の口調を隠さずに言った。

「何とでも言うがいい。ところで、その娘――どうするつもりじゃ?」

「〈操獣師〉としての運命には私も気づかず、それを知ったほうが治りが早いかと退院させましたが、こうなっては再入院の要ありかと」

「わしは反対じゃな」

「それは何故?」

「おまえ、あの獣を始末する自信があるか?」

「さて、それは」

ああ、ドクター・メフィストよ。患者を害するものを、汝《なんじ》、如何《いかん》ともし難いのか。

「そうじゃろう。いま沈静化させられたのは、その娘がいたからじゃ。娘はまだ完全に〈操獣師〉の資質に眼醒めてはおらん。従って操獣の力も不充分じゃった。次はこうはいかんぞ」

「では、どうせよと?」

「今すぐ処分せい」

これがメフィストに化けて今まで彼女を守って来た老人のものかと思わせる冷厳神《れいげんしん》の声であった。

みだいは死者の顔でドクトル・ファウストを見つめた。

「それは出来かねますな」

「ふむ、おまえは医者だったな。では、わしが引導を渡してやろう。そこをのけ」

「なりませんぞ、ドクトル」

「のかぬか? 当然じゃ。では、二人まとめて処分するしかないが、それでも構わぬと?」

「年甲斐《としがい》もなく」

メフィストの唇が微笑を刻んだ。

「年のことを言うな」

　ファウストが眉を吊《つ》り上げた。凄まじい凶相になった。

　同時に世界は揺れはじめた。

　地面も空もおぼろにかすみ、コンクリートの壁に亀裂《きれつ》が走る。

「おまえなら、ただの地震ではないとわかるじゃろう。おお、天が騒いでおる。地中の魔物が泣き叫んでおるぞ。そうとも、これは〈魔震〉じゃよ。止められるかの、メフィストよ？」

「お望みとあれば。ですが、今は師に牙を剝くのが先ですな」

　言うなり、ファウストは心臓を押さえてよろめいた。

「貴様……これは？」

「私が学んでいた当時、我が師は不死身を誇っていらっしゃいました。この宇宙に存在するいかなる毒物も自分には通じぬ、と。それで試してみました」

「貴様……わしに……毒を？」

「この宇宙にあるものを調合しただけですが、三分で出来上がりました。正直、一〇〇パーセントの自信はありませんでしたし、師も気づかれなかった。私も忘却しておりましたが、いま、刺激を与えてみると、どうやら効き目は充分のご様子」

「おのれ……メフィスト……師を苛《さいな》むか……」

　ファウストの苦悶はその顔に、別の表情を広げていった。眼も鼻も口もそのまま、しかし、人間とは異なる生きものの顔が――。

　だが、ついにその場に蹲《うずくま》り、メフィストを見上げた恨《うら》めしげな顔は、平凡な老人のものであった。

「……あのとき……おまえは四歳であった……それで師を……何たるおぞましい弟子か……呪《のろ》われい、メフィスト……永劫《えいごう》に……ドクトル・ファウス……トの……呪いを受けろ」

　その身体が急速に透きとおっていった。

　地震も熄んだ。

メフィストは何事もなかったように、みだいを見て、

「即刻、入院だ。寒地くんともども、な」

二人は駐車場の壁の方をふり返った。

「志麻⁉」

みだいは眼を瞬《しばた》いた。

コンクリートの壁に生々しい血痕だけを残して、友人の姿は消えていた。

呑み屋もない。

「先生……志麻は……？」

「家だ」

二人は駐車場を出た。

通りの向こうに黒いリムジンが駐車中であった。黒ずくめの運転手が下りて、二人を迎えた。

志麻の家までは、一〇分とかからなかった。

インターフォンを押しても誰も出ない。

門には鍵がかかっている。

メフィストが手をかけると、抵抗もなく開いた。


みだいは離れの方へ案内した。

「あ⁉」

建物は影も形もなかった。

母屋《おもや》へ入った。

志麻の両親は寝室でこと切れていた。

奥の間に祖父がいた。生きてはいるが、虚ろに天井を見上げる顔は精神に異常を来していると告げていた。

「患者が増えた」

とメフィストは言った。


外へ出ると、みだいは眼を丸くした。リムジンの前に救命車が停《と》まっている。メフィストが連絡した気配はなかったのだ。

白衣の隊員が邸内へ急行していった。

入院の支度をして行きたいと言うと、メフィストはみだいの家の住所を運転手に告げた。

すでに東の空が水のような光を帯びはじめている

街を、リムジンは音もなく走った。

　みだいの家には門灯が点り、窓も白くかがやいていた。

「待っていて下さい」

　メフィストを居間に残して、みだいは部屋へ上がった。

ドレッサーから下着を取り出して、バッグに並べはじめてすぐ、急に熱いものがこみ上げて来た。

　真吾、志麻、ドクター・メフィスト、そして、ファウストと呼ばれた偽メフィストの老人。みんな、もう別の存在になってしまった。

「どうしちゃったのよ？」

　声に嗚咽《おえつ》が混じった。

「みんな、どうしちゃったのよ？　普通に暮らしてたのに、みんな私を置いて、何処へ行っちゃったの？」

　涙が後から湧きだしてくるのに、気がついた。鼻水がそれに混じった。

あっあっあっ
　みだいは泣きつづけた。

　バッグを手に居間へ下りると、仄青《ほのあお》い光の中に、人がかがやいていた。

「行こうか？」

　メフィストが訊いた。いや、白い医師は何も言わずに立っている。

「ドクター」

　みだいはひどく遠くでこう呼びかける声を聞いた。

「あの酔っぱらいじゃないのね？　メフィスト病院の院長なのね？」

「そうだ」

「――あの偽者……もう来ないのかしら？」

「来て欲しいのかね？」

　みだいは空中へ眼を据えた。何にもならないのはわかっていた。時間だけが過ぎていく。

「ええ」

と答えた。

「偽者かと最初からわかっていた――いえ、本物だといいなと思ったの。そばにいると、何だか楽しくなってしまう。とんでもないおバカに見えたけど、それも、あなたより、とても近くに感じられた。ずうっとそばにいてくれたらいいなと思ってたんです」

「君を殺そうとしたぞ」

「わかってます」

みだいはゆっくりと頭をふった。また涙が落ちた。

「ショックだったけど、それまでのことを憶《おも》い出せば耐えられるわ。これが起きてから、いちばん楽しい時間だったような気がするんです」

「ドクトルはいずれやって来る」

「え？」

みだいは顔を上げ、素早く涙を拭いた。

「彼にとって、何も終わっていないからだ。そして、彼もアギーレも、君の一件に絡《から》め取られてしまった」

みだいはバッグを下ろし、ソファに坐《すわ》りこんだ。

「そうか……あの人たちは無関係だったんだ。それが、みんな渦の中に……私が巻きこんでしまったのね」

「行くぞ」

メフィストが言った。

「私が入院して――何とかなるんですか？　ドクトル・ファウストはどうしようもない、と」

「忘れたまえ」

「何もかも？　水垣くんや志麻への責任も忘れて？」

メフィストはドアの方へ歩き出した。

みだいも後を追った。患者は医師に逆らえない。特にこの医師には。

外の光は青を失っていた。

やがて、世界は白く染まる。

真吾も志麻も二度と光の中からは現われない。みだいには想像もつかぬ闇の中に消えてしまったのだ。それまでの時間と共に。

「何があっても不思議《ふしぎ》じゃないのね。ここは〈新宿〉――〈魔界都市〉」

そして、みだいはそこの住人――〈区民〉なのだった。

3

それからしばらく、雨の日がつづいた。

〈新宿〉は灰色の衣裳《いしょう》を身にまとい、人々は雨のしずくを傘の華《はな》でとび散らせた。

〈歌舞伎町《かぶきちょう》〉の〝ラブホテル街〟を仕事の場にしている奥村忠信《おくむらただのぶ》は、正午前にいったんバラック同様の店に戻り、コンビニで買って来た海苔弁《のりべん》とほうじ茶で昼食を摂《と》りはじめた。

半分ほど平らげたところで、誰かが店へ入って来た。

「ん？」

そっちを向いてすぐ、こんな声が出たくらい、奇妙な客たちであった。

ひとりは紫のケープで身を包んだ長身の――ひと目で妖術関係の人間と知れる中年男で、もうひとりは頭のてっぺんから靴先まで猫みたいな感じの娘だった。白いセーター、スカート、ハイソックス、ヒールまで白ときている。

「その娘《こ》――連れてけよ。こか妖しいもんの巣だ。すぐ取り憑《つ》かれっぞ」

自分にも少しは、ましなところがあるなと思う。

「ゴミ収集業ならいくらでもいるが、おまえの集めているゴミはちと変わっている。〝エキス〟を売って貰《もら》いたい」

「誰に聞いて来た？」

「誰にも。噂《うわさ》だけだ」

「ならば帰ってもらおう。信用できる人間の紹介がねえと、この仕事はやってられねえんだ」

「信用できる人間なんていやしない」

男がケープの内側から右手を出して、破れ畳《だたみ》の上に置いた。離すとインゴットが一本、黄金のかがやきを放っていた。

奥村はちらと見て、すぐ手元に引き寄せ、部屋の隅《すみ》に放った。〈区〉のゴミ袋が幾《いく》つも置いてある。どれも目一杯《めいっぱい》ふくれている。

そのうちのひとつから、灰色の霧が立ち昇り、迷いもなくインゴットに舞い下り、押し包んだ。

離れるまで二秒ほどかかった。

ビニールに戻ったそれを確かめてから、奥村は、

「いいだろう」

と言った。

「それでわかるのか?」

「ああ。本物だ。同じもンで払おうとしたのは何人もいる」

ケープ姿の男は、しみじみとした眼つきで室内を見廻した。

ビニール袋はその瞳から消えようとしなかった。奥に男が胡座《あぐら》をかいている三畳ばかりのスペースを残して、後は十畳ほどの板の間の仕事場はビニール袋で埋もれているのだった。

奇妙なのは、どれも空気しか入っていないような、優雅といってもいいふくらみ具合なことで、それは今の霧状の物質を見れば納得がいった。

奥村に視線を戻した男は満足そうであった。

「よくもこれだけ集めたものだな、魔性の滓《かす》を。何もしないでいれば引き取り手もないが、奥村式抽《ちゅう》出《しゅつ》法で精錬《せいれん》した〝エキス〟なら、色々な役に立つ。〈新宿〉でも〈区外〉でも」

「因縁《いんねん》をつけるなら出てってくれ」

奥村は海苔で巻いた冷飯《ひやめし》を、ひと塊り口へ放りこんだ。

「報酬は充分だと思うが」

奥村はうなずいて、咀嚼《そしゃく》した米を胃に送りこんだ。それからお茶をひと口飲んで、ああ、と答えた。

「だが、まだ訊きたいことがある」

「答えないと売れんのか？」

「ああ。特にあんたには、な」

男の眼に危険な光が漲《みなぎ》りはじめた。

奥村は箸《はし》を置いた。

「あんたが来たときから、あいつらは袋の中でじたばたしはじめた。ただの魔道士じゃこうはいかねえ。その気になれば、インゴットなんざ使わなくても、おれに術をかけて言うことを聞かせるくらいは朝飯前のはずだ。それをしねえのは何故だ？」

「これでも、人並みの教育は受けているのでね」

男はうすく笑った。

「流儀は守る。ビジネスでも魔法でも。要求には負担が伴うものよ」

「ふむ、あんたの魔法だが——一回使うと幾らに相当する？」

「かなり前の試算だが、あのインゴット一〇本分か」

「なら安いもんだな。ま、正直なのが気に入った。少し待ちな」

奥村は立ち上がって、奥の部屋に続くドアを開けた。昔の福引きに使う、ハンドル付きの玉出し器そっくりの品がテーブルに置いてある。

壁際に並んだビニール袋から、マジックで1と書かれたのを持ち上げ、玉出し器の口から中身を注ぎこんだ。灰色の瘴気《しょうき》としか見えない。

ひと袋分あけた。

ハンドルを摑んで廻しはじめた。

きっかり一〇〇回廻した後、徐々にスピードをゆるめて止めた。汗が眼に流れ込み、息は上がっている。

「よっしゃ」

と呻いたのは少したってからである。

机上《きじょう》のタオルで汗を拭《ぬぐ》い、再びハンドルを摑むと、今度はゆっくりと廻しはじめた。

二度廻してから、ある位置で止めた。突出部の先から、ことりと光る物質が、トレイの上に落ちた。紫色をした三センチほどのそれは、あちこちに光る珠《たま》を結んでいた。

それをつまみ上げ、眼の前にかざして、

「よっしゃ」

と奥村はうなずいた。

「特賞は自家用車ならぬ〝エキス〟か」

不意に背後の声であった。

男と——娘が立っていた。

さっきまでとは異なり、ひどく不気味な像のように、奥村には見えた。

バラックを出るとすぐ、

「次はどちらへ?」

と娘が訊いた。

「メフィスト病院だ」

「では——」

「そうだ。おまえの資質に〝エキス〟が加われば、もう時間を稼《かせ》ぐ必要はない。これからすぐだ」

「承知いたしました」

「だが、ひとつだけ聞いておけ」

「はい」

娘の猫を思わす顔に、訝《いぶか》しげな色が広がった。

「この〝エキス〟が効果を発揮している間は、いかな妖力もおまえを遮《さえぎ》ることは出来ん。だが、これは世俗の攻撃を防ぐ力はない。白い医師の魔力は防げても、平凡な木刀の一撃を食らえば、おまえは失神してしまうだろう」

「心得ました」

娘はうなずいた。

地上で。

男——魔道士アギーレの視線を受けて、白い毛の塊りが、小さくにゃんと鳴いた。

メフィスト病院の防禦態勢は、言うまでもなく最新科学と超自然要素の合体である。

カメレオン効果によって、決して人目につかぬ芝《しば》生《ふ》の上、木立の間、壁面、池の中、空中、地下にすら、おびただしいセンサーの眼が光り、シンクロした超音波砲、麻痺銃《まひじゅう》の銃口が不審者を狙う。一説によれば、病院の上空数十キロの一点に私的な監視衛星が浮かび、全方位的侵入をチェック、攻撃指示と直接攻撃を担当しているという。

その侵入者は、あっさりとそれを通過した。

物理的チェック手段をことごとく透過させる魔力の皮膜に全身を覆われているのだ。

物理的手段が万能ではないことを、〈区民〉なら誰でも知っている。死霊はセンサーを通り抜けるし、妖物の大半もそうだ。メフィスト病院は、その敷地内のすべてを超自然的センサー――魔法の皮膜で覆われ、対センサー防禦システムを備《そな》えた侵入者をも排除可能なのであった。

それは魔法の防禦圏をも平然とすり抜け、広い庭へ出た。

〈旧区役所〉跡とは信じられぬ広大な敷地が雨に煙《けぶ》っている。

目的地は彼方《かなた》にそびえる煉瓦《れんが》の別棟《べつむね》であった。

みだいはそこにいるのだった。

雨に煙る優雅な庭園も、みだいには少しの感傷も抱《いだ》かせようとしなかった。

先に待つ運命が、娘の精神《こころ》を窓外《そうがい》と同じ色に染めていた。自分のだけなら、これほど胸を重くしない。

みだいの運命には、白い二本の糸がもつれるように、真吾と志麻のそれも揺曳《ようえい》していた。

私の責任なの？

自問し抜いて、そうだとしか言えなかった。

メフィスト病院の完璧な看護態勢下にありながら、みだいは苦悩し、煩悶《はんもん》し、衰弱《すいじゃく》していった。

あの悪夢の時間から遮断《しゃだん》されて三日が過ぎて——四日目の昼近く、みだいの下に、二人の訪問者があった。

ひとりはメフィスト院長。もうひとりはドレッド・ヘアに花を散らしたジャケット——これで隻眼《せきがん》とくれば、〈区外〉ではアート系かミュージシャンしかいないが、〈新宿〉では当たり前だ。だが、この街にも、こんな男はひとりしかいない。〈新宿警察〉刑事——屍刑四郎《かばねけいしろう》、人呼んで〈凍らせ屋《スパイン・チラー》〉。

その隻眼に映し出されたとき、いかな凶悪非道な犯罪者も、跪《ひざまず》いて生命《いのち》乞《ご》いをするという伝説の主だ。

「寒地家の家族がひとり残らずいなくなっちまってね。志麻って娘のいちばんの親友があんたと聞いたもんだから、顔を出してみた」

本物の刑事とはこういうものなのか。人懐《ひとなつ》っこい笑顔には、綽名《あだな》から連想される凄まじさが少しも感じられなかった。

「私は——私は……」

救いを求めるように、メフィストを見つめた。

「——というわけだ。彼女は過去の認識が正常に出来ぬ状態にある。応答は無理だ」

「わかりました」

屍はあっさりとうなずき——立ち上がった。

「本来、失踪は自分の仕事じゃないんですが、人手が足りないもんでね。次は別の者が来ます」

礼を言って刑事が去ると、みだいは残ったメフィストへ、

「私——ここにいるだけで治るんでしょうか？　先生は何も治療して下さらないし」

この三日間、欠かさずメフィストはやって来た。そして、容態だけを聞いて去っていった。

——どうして、私をここに？

精神《こころ》が着実に蝕《むしば》まれていくのを、みだいは感じていた。

「君の治療メニューは出来上がっている。この病院は、治療以外でたとえ一秒でも意味のない放置はせん。安心してまかせたまえ」

そして、みだいは——恐らくあらゆる患者たちが——何も言えずにうなずいた。

メフィストも去って、数分としないうちに、硬い音が窓ガラスを叩いた。

「え？」

瞳の先に白い猫の顔が見えた。

——どうやって、ここに？

と思う前に、その愛くるしさに、みだいは反射的に立ち上がり、窓際に寄っていた。

猫はなおもガラスを叩いた。

開けてよ。

——いけない

と、頭の何処かでみだいは考えた。

猫が笑った。

そして、窓は静かに開かれた。

第九章　変身拒否

1

〈矢来町《やらいちょう》〉の廃墟《はいきょ》は比較的荒廃が軽微なものが多いせいか、周囲にはコンビニと護符《ごふ》、武器の立ち売り屋が多い。

　廃墟を住いにするホームレス相手である。安全な廃墟にも多少はいる妖物、悪霊を駆逐《くちく》して、安全な日々を送るためには不可欠の職業なのだ。

　客が客だけに、高価な品はごくわずかで、大半が安物だ。護符は低級霊か実体を備えた小妖物どまり、武器も一〇回も使ったら吹っとんでしまうような代物《しろもの》で、いちばん多い品は硬質紙拳銃《ペーパーガン》と来た。文字通り硬化液を吹きつけた紙製の拳銃は、十連発と謳《うた》っていても五発がせいぜいだ。値段だけは弾丸《たま》代込みで一挺《いっちょう》五〇〇円玉《ワン・コイン》一枚と格安のため、一〇挺二〇挺と買いこむホームレスも多い。

　だが、ここ一、二日の間に住みついたホームレスは、それを買う金もないのか生命《いのち》知らずなのか、彼らの下《もと》を訪れることもなく、見えない場所でテントでも張っているのか煮炊《にた》きの気配もなく、昼夜を問わず静まり返っていた。

　テントはなかった。

　そこに建つのは五メートルもの石柱を等間隔に並べたストーン・サークルと、平石を幾何学《きかがく》無視の形に重ねた小さな石室であった。

「じきに、メフィストが来る」

　と床の電子灯に手をかざして暖めながら、紫色の長衣の主が、手にした綿あめ状の品を少しちぎっては、軽く前方へ放った。目方などなさそうなのに、それは明らかにかなりの重量を備えた速さで、一〇メートルほど向こうに転がった――としか見えない――赤黒い毛皮の塊《かたま》りの足下に届いた。

　毛皮の一部が、わずかに震《ふる》えたようである。

　投じられた品はみるみる色褪《いろあ》せ、透《す》きとおって、二秒とたたぬうちに消滅してしまった。

「大急ぎで合成した即席食料だが、役に立つようだな」

こう言って、灰色の顔に笑いを刷《は》いたのは、魔道士アギーレだ。

塊りは、数日前に駐車場へ出現し、いったんは消えた妖物に違いない。喚《よ》び出したのは、今回もアギーレではあるまい。

その張本人は魔道士の左方の石床の上に放り出され、虚《うつ》ろな眼差《まなざ》しを宙に据《す》えていた。アギーレも妖物も見ていない。

哀《かな》しげな表情は、破壊されたこれまでの生活と、二人の友への追憶に染め上げられていた。

「まだ憂《うれ》いが拭《ぬぐ》えぬのか」

アギーレが陰々《いんいん》たる声をかけた。

「おまえの友二人——うちひとりはほれ、そこにおる」

五指すべてに奇怪な意匠《いしょう》の指輪《リング》をはめた手が、二人の中間の空間を指さした。


ここは何処《どこ》なのか？　外見は縦横三メートル、高さ二メートルもない石の小屋だ。

だが、みだいと妖物は一〇メートル近く離れているし、二人の背後には電子の光も届かぬ闇が茫々《ぼうぼう》と広がっている。

みだいは、ぼんやりとそちらを見た。

すると、空中に靄《もや》のようなものが集まり、人の形を取った。忽然《こつぜん》と出現したのは水垣真吾《みずがきしんご》であった。

「水垣くん——」

死者のごとく青ざめた若者は、完全に実体化するや、どっとその場に俯《うつぶ》せに倒れた。

みだいは駆け寄った。自由は保証されている。動く気力がないのだった。

真吾を仰向《あおむ》かせ、上体を膝《ひざ》抱きにして、しっかりしてと肩をゆする。

糸のように目が開いた。たちまち意志が宿って、

「——みだいか」

と言った。死が根を張ったような響きであった。

「そうよ、私よ。大丈夫？　お願いだからしっかりしてよ」

「みだいだな、おまえ？」

「うん」

真吾の顔がかすんだ。みだいは涙が流れるままに任せた。生命だけは無事だったのだ。

みだいの顔を瞳に映したまま、真吾は両手を上げて、白い頬《ほお》に触《ふ》れた。

それがゆっくり下りて、喉《のど》にかかったときも、みだいは動かなかった。指のささやきは小さかったからだ。

急に息が苦しくなり、暗黒が世界に変わった。

咳《せ》きこむ自分に気がついた。

真吾は少し先の床に転がっていた。全身を痙攣《けいれん》が苛《さいな》んでいる。

「〈殺手《さって》〉の本能だけは、少しも治しようがない」

アギーレの声と同時に、真吾の右腕は肩から抜けた。異様な音と悲鳴と血しぶきが上がった。

「どうだな？」

アギーレは右手を下ろして、みだいを見つめた。

咳きこむのをやめても、みだいは目を伏せたままだった。

「哀しんでも泣いても何にもならん」

とアギーレは長い顎《あご》を撫《な》でた。

「と言って、彼を憎めと言っても無理だろう。だからこそ役に立つ。ところが、おまえにはどんな術も効かなんだ。つまり、わしの思うようには操《あやつ》れんということだ。それでは困る」

魔道士の両眼は赤く燃えはじめた。

真吾を指さすと、若者は、魚のように身をそらせた。音をたてて背骨が折れた。のたうち、全身を痙攣させた。白眼を剝《む》いた顔がみだいの方を向くと、

「やめて」

ようやく娘は叫んだ。

「何が望みなの？　聞いてあげる。だからもう、水垣くんを苦しめないで」

「いいとも。やっとその気になったか。メフィストの下からおまえを拉致《らち》して丸一日——隠し通すのも限界だ。迫る者たちの気配が皮膚を刺すわ。さ、それでは、いかにしてもおまえを殺さずにはいられぬ恋人の生命を救う代償だ。あの毛皮の塊りを動かしてもらおうか」

「あなた……テロリストじゃないはずよ。……こんなものを動かして……どうするつもり？」

「ドクトル・ファウストの抹消だ」

「本当にそれだけ？」

みだいの声には、奇怪な巨塊への怯《おび》えが潜《ひそ》んでいた。

「嘘《うそ》は言わぬよ。だが、わしの平和的意図とは別の破壊と死は抑《おさ》えようがない。それを抑止《よくし》するためにおまえが必要なのだ」

「本当に？」

虚ろな声に、アギーレは苦笑した。

「勿論《もちろん》だ」

「なら——」

アギーレは満足そうにうなずいた。

「では、少ししてから出かけよう。わしも体調を整えねばならぬ」

彼は手の綿あめを巨塊の方へ投げ、背を向けて、奥の果てしない闇の彼方《かなた》へと歩み去った。

みだいは真吾を見つめた。

失われた腕は、元に戻っている。

「……みだい……なぜ……承諾……した？」

死人のような声が向かって来た。

「……もう……見ていられなくて」

「あの……化物を動かしたら……〈新宿〉は……おしまいだ……ぞ……」

「大丈夫。何とか操ってみせるわ」

「……ドクトル・ファウストを……甦《たお》せるように……か？　そんなに上手《うま》く……行くものか」

「でも」

「……ドクトル・ファウスト……ドクター・メフィ

ストの……師匠だぞ……易々《やすやす》とやられる玉か……凄《すさ》まじい死闘が展開する……それこそ……〈新宿〉は……いいや……世界はおしまいだ……」

「じゃあ――どうすればいいの？」

「おまえが死ぬしかない」

ためらいもせず、真吾は突きつけた。

「そんな……」

「みだい……ひとりとは言わない……おれと一緒に……死んでくれ」

ひきつった声に、みだいは返事ができなかった。とうとうこうなったかと思った。

「みだい……ここへ来て……拳銃を……抜いてくれ」

真吾は弱々しい手つきで右の腰を叩《たた》いた。

みだいは立ち上がり、涙を拭ってから真吾のところへ行った。メフィスト病院からここへ拉致されて以来、よく考えると放置されたまま過ぎた時間だった。術がかからない以上、アギーレとしてもそうする他はなかったのだろう。真吾を使うにも準備が必要だったのかも知れない。

「早く……抜け」

みだいは真吾の腰の後ろへ手をやり、ワルサーを抜いた。冷たくて重かった。あの魔道士め、どうしてこんなものを放っておいたの？

「おれは動けない……自分を射《う》て」

「…………」

「駄目ならおれに持たせて、引金を引け。その後でおれも必ず死ぬよ。信じてくれ」

「どうして……こんなことになってしまったのかしら」

「おれたちが生まれるずうっと前から決まっていたことさ。多分、な」

「そんな……理不尽《りふじん》な仕打ちって……ありなの？……こんな目に遭《あ》って。それが私たち以外のものの仕業《しわざ》だなんて」

重い。拳銃が重い。

「射て」

と真吾は促《うなが》した。眼には涙が光っていた。

「――でないと……世界が」

ワルサーが上がった。

銃口がみだいの右のこめかみに当たった。

「引金を」

真吾の声が、急に止まった。

みだいも顔を上げた。

二人の視線の先で、巨大なものが向きを変えていた。

「みだい……おまえ……」

真吾が呆然《ぼうぜん》と呻《うめ》いた。

「違う」

みだいは首をふった。

「私は何もしてない。何も念じてなんかいない」

だが、それは明らかに一種の〝意思〟をこちらに向けていた。

「消すんだ、みだい」

真吾の声は絶望を深くした。

「早く消せ――でないと、あいつは外へ――〈新宿〉が滅《ほろ》びる、ぞ。ドクター・メフィストといえど、あいつは止められない」

「わからない、どうしたらいいのか、わからない。何もしていないんだもの」

真吾は形容し難《がた》い眼差しをみだいへ向けた。

「死ね……みだい……死ぬんだ……死んでくれ」

二人の頭上に途方《とほう》もない気配が迫った。果てしなく大きく、果てしなく凶悪な気配が。

それは二人の頭上を越えて――

「出て行く！　綱が切れたんだ」

「そんな――私、何も」

「おれにワルサーを握らせろ。そして、おまえに向けろ！」

「――――」

そのとき――

凄まじい揺れが二人を跳《は》ねとばした。

〈新宿〉で生まれ育った二人が、はじめて体験する激震であった。床を破壊音と亀裂《きれつ》が走っていく。

それが唐突に熄《や》んだ。

震動の名残《なごり》と恐怖とをまだ肉体と精神に留《とど》めながら。

「今のは〈魔震〉だ。それが途中で消されちまった」

真吾は呆然と呻いた。

「──あれは──正真正銘《しょうしんしょうめい》の怪物だ。みだい、何とかしろ」

みだいの右手が再び持ち上がるのを、真吾は見た。

撃鉄《ハンマー》は上がっている。引金を引きさえすれば、九ミリ弾頭は娘の脳を永遠に破壊するだろう。

「みだい──射て」

絶叫を上げて、みだいは引金を引いた。

がちん、と音がした。

不発だ。

みだいは続けざまに引金を引いた。

全弾──同じ。

真吾が虚ろな声でつぶやいた。

「殺せないんだ。みだいじゃ──駄目なんだ。やっぱり、おれが射たなくちゃ……おれに握らせろ。早く！」

みだいは意思のない操り人形のように従った。

真吾に握らせたワルサーの銃口を自分の眉間《みけん》に向け、引金にかけた彼の人さし指を銃把《グリップ》ごと逆に握って──

銃声が轟《とどろ》いた。

2

その地震の発生と消滅を、メフィストは病院で感じた。

「この揺れは〈魔震〉のものだ。それを途中で消滅させるとは──〈操獣師〉よ眼醒《めざ》めたか」

彼は洗面台に近づいて、両手を洗った。碧色《あおいろ》の液体が、排水口に吸いこまれた。

鋲《びょう》を打ちこんだ武骨な鉄扉《てっぴ》の手前で、彼はふり向いた。

いかなメフィスト病院といえど、と思われる広大なスペースは巨大な手術台で埋め尽くされ、それぞれ得体の知れぬ色彩《いろ》と形状《かたち》の物体が横たわっていた。蜿々《えんえん》と連なるそれの端は彼方の闇に消えている。立ちこめる洗剤の臭《にお》いと、台上の手術刀の列からして、ここは手術室なのか。台上の巨大なものは、施術体か。

そして、メフィストが通過した戸口を鉄扉がふさいだ刹那《せつな》、台上の万を超す物体は、みな奇跡とさえ呼べる鮮やかな切り口を見せつつ、おびただしい肉塊に分断されたのであった。

ここで何をしていた、メフィストよ。


悲鳴が聞こえた。複数と云《い》うも愚かな膨大《ぼうだい》な声が入り乱れ、メフィストの左右を流れていく。

ひとりがメフィストにすがりつくや、たちまち人垣が彼を取り囲んだ。

門からホールへと流れ込んできた流水のような群衆は、

「助けて下さい、ドクター」

「化物が暴れています」

「何十匹もいるんです」

「人も車もみんな呑《の》まれてしまいます」

口々に訴えた。

〈新宿〉には五〇を超える非常用シェルターがある。一基一〇〇〇人も収容するそれらは、大型の妖物の襲撃や、死霊等の大量出現に備えたものだが、眼の利《き》く者たちは、非常時に人々が行くべき場所は別にあると、〈旧区役所通り〉へ向かった。

いまそこは易々と人々を呑み込み、主人のみが外へ向かっていく。

〈旧区役所通り〉に出た彼のかたわらに、一台のワゴン車が停《と》まった。

「ドクター、ついに出ましたわね」

フロント・ドアを開けて声をかけたのは、白髪の老婆であった。中年の男がハンドルを握っている。どちらもサングラスをかけていた。

「水垣と申します。孫がお世話に」

メフィストは一礼した。

老婆は陶然《とうぜん》と、

「孫——真吾からお話はうかがっております。こっちは父親です」

中年男が深々と頭を下げた。

「化物は〈駅〉の近くにいます」

「何匹だね？」

「一匹だけです。ご案内します。あいつをどうにか出来るのは、目下《もっか》、ドクター・メフィストしかおりません」

「君たちの子供はどうだね？」

「〈殺手〉としては優秀ですが、相手が悪すぎます。あいつらが出て来てしまっては、もう手には負えません」

「失礼する」

メフィストが乗りこむや、車は方向を変え、猛スピードで〈靖国《やすくに》通り〉の方へ走り出した。

「とうとうこの時が来てしまいました」

真吾の祖母は助手席からふり返って、メフィストを見つめた。

「やはり、みだいちゃんは射てなかったようです。弱い〈殺手〉でした」

「〈操獣師〉には〈守手《しゅて》〉がついている。いくら優れた〈殺手〉でも至難《しなん》の業だ」

とメフィストは応じた。

「真吾は無事でしょうか？」

と中年の男——父親が訊《き》いた。

「わかりませんな」

メフィストは短く答えた。父も祖母もそれ以上訊かなかった。アギーレに連れ去られたとは言わなかった。父も祖母もそれ以上訊かなかった。

銃声や炸裂音《さくれつ》に混じって、ヘリの爆音も聞こえて来た。

「出現は突然だった」

とメフィストは言った。あの何処にあるとも知れぬ広大な手術室にいて、それがわかっているのだった。

「あの地震のエネルギーを吸収したのならまだいい。奴は中和してそれきりだ。エネルギーなど必要ないと見える。つまり、この世界でいう『生』など生きていないのだ」

「——じゃ、どうやって斃すのです？」

祖母の悲痛な叫びに、メフィストは、

「斃せんな。神城寺《じんじようじ》みだいくん以外には」

メフィストの眼が光った。それに合わせて、真吾の父が驚きの声を上げた。

「透きとおって——消えていく」

ワゴン車は〈靖国通り〉との交差点で停まっていた。〈駅〉の方から、人々は〈旧区役所通り〉と〈靖国通り〉の二手に分かれて逃げまどう。その姿が、〈駅〉に近い方から半透明となり、みるみる視界から消えてしまうのだった。

「降りよう」

メフィストの言葉に、父親は首をふった。

「行きます」

信号が青に変わった。車道にも人がいる。ワゴン車は巧《たく》みにその中を縫《ぬ》って〈新宿通り〉へ出た。

「いたわ」

祖母が低く言った。

〈中央出口〉前の広場を巨大なものが埋めていた。

赤黒い毛皮の塊りである。数十台のパトカーと装甲車、レーザー砲車がその周囲を扇状に取り囲んでいるが、メフィストの聞いた攻撃音はすでに絶えていた。

車内に警官や機動隊員の姿はなく、三〇ミリ・モーターガンの銃口も、一二〇ミリ・レーザー砲《キャノン》も攻撃の意思を失った機械と化している。通りには動くものの気配もない。

ヘリの音だけが上空を旋回中だ。

巨塊の頂きが、わずかに波立った。

音の方角が変わった。

ぐんぐん下降を開始し、駅ビルの屋上に近づいていく機体もはっきりと見える。

破壊音は上がったが、火花は無しだ。燃料が漏《も》れても引火しなければ爆発は起きない。

上空にはなお二つの爆音が残り、遠ざかっていく。上昇に移ったのだ。

「人間だけを消してしまうのですな」

ハンドルに顎を乗せて、父親が指摘した。

「そのとおりだ。そして、彼らはどこへ行く？」

「ただ消えたのではないんですか？」

父親が眼を丸くした。

「あの物体の存在理由は、殺戮《さつりく》にあらず虜囚《りょしゅう》だ」

とメフィストは二人を驚かせた。

「すると、消えた人たちは――？」

「別世界――あの物体のもといた世界に送られ、何らかの用役《ようえき》につかされている」

「何です、それ？」

「捕虜《ほりょ》なら当然のことだが、どんなものかは不明だ」

「でも、そんなことをどうして？」

「少し研究してみた」

呆然と顔を見合わせる二人の近くでドアが開いた。

白い影が脱《ぬ》けた。

声もなく見遣《みや》る四本の視線の先を、白い医師は黙《もく》然《ねん》と巨塊へと向かっていった。

研究の成果を試すつもりか、その足取りも表情も、穏《おだ》やかな夜の街を往診に歩むような、静かで自信に満ちた優雅なものであった。

巨塊から五メートルほどのところで、足は止まった。巨塊が気づいたのだ。

「おまえの仲間と思《おぼ》しき連中を、五〇〇〇体ほど解剖してみた」

　メフィストは静かに、とんでもない内容を告げた。

「そして、少しだけわかった。完璧とはいえんが」

　巨塊は高さ一〇メートル、幅も同じだ。巨大化したらしい。天を圧する存在へ、メフィストは怖《おそ》れる風もなく語りかける。その姿の、その美しさ霊妙《れいみょう》さよ。

「ひとつ訊く。おまえを操るものは――この世の主人はここにいないのか？」

　その身体が急に色彩《いろ》を失った。

「ドクター・メフィストが⁉」

「消えていく⁉」

　それは、遠くに駐車したワゴン車が放《はな》った叫びであったが、音もなく炸裂したある力のどよめきのようにも聞こえた。

　巨塊がゆらいだのである。


　立木を押しつぶし、それは駅ビルの方に移動し、明らかに壁面にもたれかかった。手も足も顔もない。それなのにわかったのだ。

　その全身から駅ビルが生えて来た。いや、巨塊が沈みこんでいくのだ。

「消えた」

　と真吾の父が呻いた。

　祖母がドアを開いて、

「ドクターが倒れるよ！　車を出して！」

　ワゴン車を隣りで停め、二人はとび降りてメフィストを抱き起こした。サングラスをつけている。

　それでも、二人の顔は恍惚《こうこつ》と溶けた。

「ああ……なんてこと……サングラスしてるのに……」

「どうにもならんな、これは――早いとこ距離を置かないと、二人ともおかしくなる。しかし、ドクター・メフィストをダウンさせるとは、あの化物、やっぱり異界の怪獣だぞ」

それは駅ビルと地面に吸いこまれたかのように姿を消していた。

見渡す限り、荒涼《こうりょう》たる土地であった。黄土《おうど》と鉄を混ぜ合わせたかのような色彩の荒野には、草木一本どころか、凹凸《おうとつ》ひとつない。

ひたすら平坦《へいたん》な地面の上を、おびただしい人間の列が進んでいた。

スーツ姿のサラリーマン、公務員、学生、ホステス、ホームレス——繁華街からひとすくいしたような人々は、弱々しくうなだれ、虚ろな眼を足下に据えたまま、黙々と進んでいく。果ては荒野——それだけだ。

みだいはふり返って訊いた。

「あの人たちは……獣が?」

うなずいたのは、アギーレであった。

「そうだ。何処へ行き、何が待っているのかは、永遠にわからん。おまえが手綱《たづな》をゆるめたせいだ」

みだいは自らを抱きしめた。

「私は何もしてないわ」

眼を閉じ、首をふっても、光景は変わらなかった。

何処にいるのかもわからない。同じ荒野のような気もするし、あの廃墟の一角のような気もした。ワルサーを射ったのに、何も起こらず、気がつくとアギーレとここにいた。真吾は何処にいる?

「いま、あれは休息しておる。よく戻って来れたものだ——というか、《新宿》は消滅していただろう。恐らく、あれをあそこまで追いつめた者がいなければ、〈新宿〉は消滅していただろう。恐るべきは〈魔界医師〉よ」

「〈新宿〉が消えれば、あなたの宿敵も消える。却《かえ》って都合がよかったんじゃなくて?」

「——世に二人といない〈操獣師〉も、ひと皮剝けば女子高生だの。戦いというのはそういうものではない。この手で彼奴《きゃつ》の息の根を止めぬ限り、終わらぬのよ。何もかも消すのは、その後だ」

狂気の表情から、みだいは眼をそらした。

「あれは消えたわよ」

「おまえが念じれば戻ってくる。今は潜在意識のせいで自由には動けぬが、じきに自由意思の下に操れる。しかし、ドクター・メフィストを斃したのは、怪我《けが》の功名《こうみよう》だった。今ならたやすく始末できるし、我々への追及の手もゆるまざるを得まい。みだいよ、今宵《こよい》、すべてを終わらせるぞ」

「……あなたの標的は？　ドクトル・ファウストは何処にいるの？」

「それは、ここを離れるときに教えてやろう。おまえは操る術を身につけるよう専念せい。さもないと、あの〈殺手〉が地獄の鍋で煮られることになるぞ」

こう言い残すと、アギーレはその場を離れて、真吾の幽閉場所へ行った。

その眼が急速に細まった。

視線の先に、〈殺手〉の姿はなかった。

彼は赤く燃える眼で周囲をスキャンした。

北の〝壁〟に破壊孔が見つかった。

「誰だ？」

二つの顔が浮かび、うちひとつが、にんまり笑って、顔中を皺《しわ》で埋めた。ファウストであった。

「どうだ？」

限りない疑いを抱《いだ》きながら、アギーレはもうひとつに移った。若い女の顔に。

「まさか」

と洩《も》れた。

「まさか――〈守手〉が……」

3

真吾は眼を開いた。

「気がついた？」

声を先に、見慣れた顔が形を整えた。

「寒地《かんじ》……か」

「そよ」

うなずいた。硬い表情だ。当然である。

「ここは……？」

「当ててごらん」

真吾は天井を見つめ、首を動かそうとしたが、ぴくりともしなかった。

「麻痺《まひ》してる。おまえだな」

「そうよ。術をかけたわ。かけられると思わなかったけど」

「――どうして、おれを助けた？」

いつ殺されてもおかしくないのだ。〈守手〉は〈殺手〉の宿敵だ、何らかの意図がなければ、あり得ない行為だった。

「あんたを人質に取られたら、みだいは絶対に見捨てられない。アギーレの言いなりになって、妖獣を操るわ。だから、よ」

「なら――殺せ。アギーレは大変な魔道士だ。いつ奪い返されるか知れない。元の木阿弥《もくあみ》だぞ。おれさえ始末すれば、みだいは妖獣を消せるんだ。アギーレもどうしようもない」

志麻《しま》は黙って真吾から離れた。

廊下へ出て、居間へ行った。

ソファに腰を下ろす姿は、悩みを抱《かか》えた平凡な女子高生であった。

「殺せ？」

唇がわなないた。

「殺せって？……そうよ、あたしはいつだってあんたを殺せるんだ。それが〈守手〉の仕事だからね」

憎しみが言葉に絡《から》みついた。

それから――長い沈黙があった。

志麻は、前方を見つめていた。瞳にはみだいの姿があった。脳の中には――

「殺せない」

自分にも聞き取れぬほどの声であった。

「……ごめん、みだい……あたし……〈殺手〉を殺せない……だって……真吾くんだもの……」

こんなときに、長い長い想いが名乗りを上げるとは。みだいは知らなかった。真吾も知らなかった。

そんな想いであった。

「どうしたらいいの？　このままじゃ絶対にいられない。必ず何かが起こる。なのに、あたしは——このままがいいの」

部屋はいつの間にか暗く翳《かげ》っていた。

夜が来る。

志麻はそれが過ぎるのを待つことが出来なかった。

ふと、顔を横へ向けた。

奥——キッチンの方で音がしたのである。

「誰？」

志麻の全身から血が引いた。

もう嗅《か》ぎつけられたのか？

キッチンへとつづくドアのノブが、かちりと廻《まわ》った。

蝶番《ちょうつがい》がきしんで、人影が入って来た。

「あなた——⁉」

志麻は愕然《がくぜん》と叫んだ。


その侵入者がメフィスト病院へ入りこんだのは、二度目の快挙であった。

白い猫を模した肢体《したい》は、廊下の片隅でセンサーの眼をくらましながら、一〇歳ほどの少年に変身した。灰色の剛毛に覆《おお》われた身は、同じ色のコートに化け、艶《つや》やかな肌は金髪の色彩《いろ》がゆれている。

何人かのスタッフや患者とすれ違っても、少年を気にする者はいなかった。見えないのである。

申し合わせでもあるかのごとく、少年が足を止めたのは、メフィストが眠る病室の前であった。

ドアを押すと、あっさり開いた。

室外も室内も、電子どころか心霊の眼が塵《ちり》ひとつの侵入も許さぬのは言うまでもない。

だが、ホテルのロビーのごとく広大な病室は、少年が豪奢《ごうしゃ》なベッドのかたわらに立っても、警報ひとつ響かせなかった。

「はじめてではないよ、ドクター」

桜色の頰が白い医師に言った。両眼を閉じていた。

「その顔をモロに見て、攻撃の手がゆるんだ。あのときは一敗地にまみれたが、今度こそ〝火吹き小僧〟の底力を見せてやる」

そのとき――足下で気配が動いた。

少年は愕然と四方を見廻した。

彼の立つ場所を扇状に囲んで、五つの影が床から浮かび上がって来たのだ。

それは粒子砲を構えたごつい男たちであった。

重戦闘装甲――核ミサイルの直撃を受けてもビクともしないと言われる戦闘服だ。

「やっぱり、バレてた？」

少年は艶然《えんぜん》と笑った。メフィストには遠く及ばないが、地上の人間なら軒並《のきな》みなついてしまいそうな魔笑《ましょう》であった。現に、メカで守られた保安係たちの冷たい気は明らかな動揺を示した。

「下がって下がって」

と少年は言った。

「ここなら、すぐ治せるかも知れないけれど、〝火吹き小僧〟の火傷《やけど》は少し厄介《やっかい》だよ」

その身体が歪《ゆが》んだ。

「麻痺線か――甘く見られたもんだな。じゃあ、交渉決裂――攻撃に移る」

少年は両手を丸めて唇に近づけた。

手の平の中に、ぽん、と青白い塊りが落ちた。それは炎塊《えんかい》であった。

少年の身体を黄金色のすじが五本貫《つらぬ》いた。

抜けたすじは別の射手《うちて》に当たり、そこで消えた。

五つの穴が開いた身体を眺《なが》めて、少年は肩をすくめた。

「粒子ビームの温度は約六〇万度――甘いなあ」

その顔が手の平の向こうで悪戯《いたずら》っぽく笑った。

「少し味わってごらん。これが一〇〇〇万度」

彼は息を吐いた。

すると、五個の火球が保安係に滑り寄っていった。いつの間にか増やしておいたらしい。

保安係たちは大きく弧《こ》を描いて移動した。火球は眼があるもののようにその後を追った。

肩口に、脇に、腿《もも》に接触するや、それは装甲を紙のように溶かして内部へ潜《もぐ》りこんだ。

保安係は青白くかがやき——すぐにわずかな灰のみを床面に残して消失した。

不思議《ふしぎ》なことに、部屋の温度は一切《いっさい》上がらなかった。

「続いて行くよ、メフィスト」

ひと声かけたのは、焼殺する相手への敬意か。

ふっ、と青白い塊りがベッドへ吸いこまれた。

天井から霧のような膜が吹きつけた。

黄金づくりだが、システムは平凡な散水器以上のものではない。ただの水の霧だ。

じゅん、と苦鳴《くめい》を放って、火球は床に落ちた。ごとんと鳴った。黒く凝縮された姿は、かつてこの国にあったたどんとやらに良く似ていた。

「これは——⁉」

「主人——アギーレは何処にいる？」

その声は。

ゆっくりと白い医師は死の床から起き上がった。

「我が主人が——おまえは二度と動けぬと。まさか、間違っていたのか⁉」

「自信過剰は、魔術の最大の敵だ」

ドクター・メフィストは、いま、火を吹く少年の前に立った。

「私の職業《なりわい》を忘れたか？　医師は我が身も治さねばならん。ましてや、助力者も道具も揃《そろ》っておる」

「おのれ」

少年は憎悪の呻きを放って自らを抱きしめた。

身体が震えた。その輪郭《りんかく》を青い光が縁《ふち》取った。

自らが炎になる。

「ふむ、我が師もこれでやられたと言っていた——

だが、同じ手は新たな手ではないぞ。こちらも考えている」

「黙れ」

炎は白い医師の胸を貫いた。後ろから抜けて、もう一度、背中から鳩尾《みぞおち》を直撃した。

「成程《なるほど》——かなり効くな」

そして、魔界医師は炎と化して崩れ落ちた。

炎は少年に戻った。これは最後の手段であったのか、美貌《びぼう》は老人のごとく歪み、荒い息をつく。

「斃した……〈魔界医師〉を……斃した……僕は……〈新宿〉に……勝った……」

彼は虫のように床を這《は》い出した。

じりじりと戸口まで辿《たど》り着き、ドアにすがって必死で立ち上がった。

ドアを開くと同時にバランスを崩し、半《なか》ば廊下に身を乗り出して倒れた。なおも這いずり、部屋を抜けられたのは、奇蹟《きせき》のような事態であった。

寝室に残るのは、幾つかの灰の山であった。うちひとつは白い医師のものか。いつ誰がそれに気づく、メフィストよ？

志麻はずっと真吾が好きだった。態度にも示さなかったのは、その性格と、彼がそうではないことに気がついていたからだ。三人の関係がわかってからも、思いは変わらなかった。だから、ひとり苦しみ、懊悩《おうのう》し、泣いた。

彼を敵と定め、そう呼んで戦ったのは、外からの力によるものか自らの選択かはわからないまま、傷ついた。

そして、いま、真吾は彼女のそばで安らかな寝息をたてている。このまま時間だけが過ぎてくれないだろうか。母が肩をゆすって、早く起きなさいと言ってくれないものか。いつまで悪い夢を見ているのよ、と。

そんなこと、あるはずもない。

これが現実だ。そして、いつか真吾は眼を醒ます。

　いや、その前に――

　志麻は椅子から立ち上がった。

　真吾が身震いした。

「駄目」

　志麻の叫びに気づいたかのように、真吾の眼が開いた。

「志麻――来るぞ、みだいが、あいつらと」

「どうしてここへ？」

「決まってる、あいつだ」

　起き上がろうとする真吾に、志麻は何もせず、キッチンから捜してきたビニール紐《ひも》の束を漁《あさ》り出し、まだ利かぬ真吾の身体をがんじがらめにベッドに縛《しば》りつけた。

「離せ」

　身悶《みもだ》える真吾に、

「しばらくこうしていて」

「こんなことをして何になる？　おれとおまえは宿敵だ。どうにもならない。いっそのこと殺して行け」

「そうしたいのは山々だけどね」

　志麻はそっぽを向いた。

　涙が頬を伝わった。知らぬが仏だ。

　涙を拭おうか、このまま出ようかと躊躇《ちゅうちょ》したとき、全身が熱く燃えた。

　異常が生じている。みだいの望んだ行動ではないのだ。

「離せ。こんなことをしても無駄だ」

「ごめん」

　言い残して志麻は寝室をとび出した。

第十章　神変記

1

居間へ出ると、ソファの人物が、首を志麻に向けて、

「来たようだ」

「お目当ては——あなたよ、ドクトル・ファウスト」

「それはどうも」

ぴしゃりと額を叩いて立ち上がったのは、どう見ても〈魔界医師〉——メフィストだ。

「どうして、禿頭《はげあたま》に戻らないのよ？　いい迷惑だわ」

「この家はそのほうが相性がいいと思ってな」

「だから、来たんじゃないの、みだいと獣どもが。アギーレの目的はあなただし」

「かも知れんな」

「でも、撃退法はあるわ。みだいがあいつに操られているのは、真吾くんを人質に取られていると思っているからよ。彼がこちらにいると知ったら、すぐに獣を引くわ」

「名案じゃ——いや、名案だ」

「いつまで化けてるつもり。一緒に来なさいよ。もうそこまで来てるわ」

「眠い」

「起きろ」

志麻は白い肩を摑《つか》んで居間を出た。一杯飲《や》っているのか、メフィストもろくに抵抗せずついてきた。

門を出ると、夜の街は何事もなく広がっている。ほぼ同時に起きた〈新宿駅〉前の怪事件は、二人の耳に入っていない。

「ところでさ」

前方の建売り住宅の列に眼をやりながら、志麻が訊いた。

「さっき訊くの忘れてたけど、あなたどうして、ここへ来たの？　みだいの家になんて」

「──気に入ったからだ。実に住み心地《ごこち》の良い家だった」

「どこまでもいい迷惑ね。あなた本当にドクター・メフィストの師匠？」

「そう見えんか？」

「見えるわよ、禿頭が」

「無礼者。許さん」

「来た」

志麻が宙の一点に眼を据えた。

同時にメフィストは地上の一点に眼を据えた。

空中には何も見えず、地上には通りの向こうに二つの人影が立っていた。

「みだい！」

志麻が視線を移し、

「──とアギーレ」

メフィストが静かに言った。

「いつもの調子でやれ」

と魔道士は嘲《あざけ》った。

「師が弟子のふりをするなど恥ずかしいとは思わんのか？　どうとぼけても、おまえの正体は明らかだ。わしの眼はごまかせん」

「やれやれ」

メフィストは急に老《ふ》けこんだみたいに小首《こくび》を傾《かし》げた。

「ところで、おまえは自分だけが攻める一方だと思っているかも知れんが──神城寺くん、聞きたまえ。水垣くんはこの家にいるぞ」

みだいが眼を見開いた。

「嘘をつくな！」

アギーレが重々しく言った。動揺の風はない。大したものだった。

その横顔を睨《にら》みつけ、

「本当なの。ドクター⁉」

みだいは前へ出た。

「本当よ、彼ここにいるわ。生きてるから安心して」

「――志麻!?」

みだいはアギーレへ凄まじい視線を当てた。

「嘘つき」

「待て」

はじめて、大魔道士を動揺が包んだ。

「獣は帰します」

みだいは数歩走ってふり向いた。

「ならぬ」

アギーレが右手を上げた。

その手首を光るものが貫いた。

「おのれ――ファウスト」

貫通したメスを抜き取ろうとして、アギーレの手は炎を噴《ふ》いた。

「みだい――そいつを殺《や》っちまえ」

志麻が叫んだ。

「ためらうな。そいつがいなくなれば、みんな元に戻れるのよ！」

みだいの脳裡《のうり》で閃光《せんこう》が弾《はじ》けた。


アギーレを指さして、短く何か叫んだ。

魔道士の身体は空中に浮かんだ。自らの技の成果ではない証拠に、手足を無惨《むざん》にバタつかせながら、一気に一五、六メートルの高みで停止した。

「いいぞ」

とメフィストが手を叩いた。

「そこで八つ裂きにしたまえ。いかに大魔道士といえど、その獣には勝てぬはずだ。はっはっは」

「おのれ、ドクトル・ファウスト――こんな手を使わず、正々堂々と勝負しろ」

空中から吠《ほ》える声に、メフィストは嘲笑《ちょうしょう》を返した。

「――そいつを連れて来たのはおまえだ。虫のいい寝言をぬかすな」

「くそ、放せ」

「ズタズタにしたまえ、神城寺くん」

意外な返事が返って来た。

「出来ません」

「えっ⁉」

と鋭い眼になったのは志麻である。

「みだい――どうして？　そいつがすべての元凶だよ」

「――ごめんね、志麻。あなたが血まみれになって私のために戦ってくれてるのに駄目なの、私は人を殺せない」

「おやおや」

メフィストが肩をすくめた。

「では、私が処分してやろう。アギーレ、覚悟はいいな？」

メフィストの右手に短いメスが光った。

「そのままでいたまえ。神城寺くん」

この後、一秒とかからず、アギーレの生命は消えていくだろう。

だが、メフィストは宙を仰いで動きを止めた。

それは、アギーレもみだいも志麻も同じだった。

「ほお、〝トリスメギストスの魔圏〟が張られたか。成程、ＣＩＡとモサドも莫迦《ばか》ではなかったと見えるな」

　トリスメギストスとは、正しくはヘルメス＝トリスメギストス。西欧で最初といわれる大魔道士である。彼の魔力の真髄《しんずい》を極《きわ》めたものは、この天地を崩壊させるほどの力を得るといわれるが、歴代の体得者は、わずか二名とされる。

「成程、私の下へ来たが拒絶を受け、ついに自力で獣と〈操獣師〉の獲得に乗り出したわけか」

　メフィストが嘲笑した。

　志麻が、すがるような眼で白い医師を見つめた。

「どうするつもり？」

「少なくとも、神城寺くんだけは救い出す。私の患者だ」

　みだいははっと白い医師を見た。顔が眼に入った。こんなときに脳が恍惚と溶けた。

　メフィストは西の空を仰いだ。音も光も出さぬ物体が六個近づいてくる。無音処理と対レーダー塗装を施《ほどこ》したスパイ・ヘリだ。勿論、ハリネズミのように武装している。

「どうやって連れて行くと思う？」

メフィストは空中に尋《たず》ねた。

「その娘に獣を消させ、娘だけ連れて行く。六機もヘリが来たのは、万が一を考えてだ。魔道士も同行しているぞ」

「面白い。おまえが相手をしろ」

「休戦ということか？」

アギーレはもう落ち着いていた。

「その娘はおまえを斃す手伝いが出来ん。となれば、私がやるしかないが、少しは元を取らせてもらおう」

「わかった——下ろしてくれ」

「いいや、そこでやれ。彼を下ろしてはならんぞ、神城寺くん」

「は、はい」

うなずいた拍子に、みだいも真正面からメフィストを見てしまった。それは眼から網膜《もうまく》に灼《や》きつき、脳まで直撃した。

程《ほど》なく六機のヘリは地上三〇メートルほどの位置で直径約五〇メートルの円陣を形成した。

「〝魔圏〟はどうやって張ったのよ？」

志麻がメフィストを見た。

「あれは上方からでないと効果がない。多分、人工衛星から魔力を発揮したのだろう」

「人工衛星!?」

志麻は空を仰いだ。

みだいを中心に直径五〇メートルの空間が封鎖されているのはわかっていたが、まさか地上三万キロを超す天の彼方から投じられた網だとは。

この圏内に封じられた者は出ることも、外部の者は入ることも出来ず、創造主の手腕に応じて運命が定まる。

「あいつらは、〝魔圏〟の外にいるわ。内側《なか》からの魔力は通じない。どうするつもりなの？」

「アギーレ次第《しだい》だ」

メフィストは、上空で浮遊《ホバリング》中のヘリに顎をしゃくった。

「あのヘリたちは、空間固定用のジェネレーターを積んでいる。このまま我々を持ち上げて、アメリカまで運ぶ気だ」

「――まさか」

「途中で空母か輸送船が待っている――だが」

志麻がよろめいた。身体が地面から浮き上がったのだ。通りの向こうの家も、神城寺家の塀《へい》も庭木も、〝魔圏〟内にあるものは、ことごとく浮上し、移動させられてしまう。

だが――

一機のヘリが不意に傾《かたむ》くや、急速に左方に流れて隣機に接触した。

ローターが絡み合い、機体はもつれ、底部のジェネレーターが青白い光をふりまく。奇妙なのは機体の末路であった。

ねじれ合い、お互いをぎゅっと絞りこんだ形になって空中に吸い込まれたのである。

あとの四機も二手《ふたて》に分かれてその後を追った。

「〈魔圏〉が消えたわ」

志麻の声には驚きの響きが濃い。

「人工衛星も消えた。さすがだな、アギーレ・バブチュスカ」

メフィストの賞賛は、志麻を脅《おび》えさせた。こんな男相手に、みだいを守り通せるのだろうか。

「では、戦うとするか」

メフィストが声をかけると、宙吊《づ》りの魔道士から、

「貴様《きさま》――わしが疲労するのを見越して。この卑《ひ》怯《きょう》者め」

「うるさい」

メフィストが右手をふった。

光の尾を引いて飛んだメスは、狙《ねら》い違《たが》わずアギーレの心臓を貫いたはずであった。

だが、その寸前、彼は落下した。

まっしぐらに落下する魔道士へ、二本目のメスが走ったが、忽然《こつぜん》と消滅した身体を貫いて、中天の月へと吸いこまれた。

メフィストの視線の先で、みだいが俯いていた。

「獣は消してしまいました。私——誰にも死んで欲《ほ》しくない」

溜息《ためいき》をついたのは、志麻だった。

友の発言に、うんざりしたのである。甘っちょろい、と言いたいところだったろう。

「また狙われるよ」

吐き捨てるように言って、家へと戻った。真吾を何とかしなくてはと思ったのである。メフィストに事情を話して、病院に保護隔離《かくり》してもらおうか。

それは正しい選択であったが、上手《うま》くはいかなかった。

ベッドにくくりつけたビニール紐はそのまま、真吾の姿は影も形もなかった。

2

戸口から入って来た紫色の人影は、床で蠢《うごめ》く影を認めて、一瞬動きを止めたが、すぐに近づいて、そのかたわらに膝をついた。

「メフィストはどうした?」

冷たい声であった。

蠢くものは顔を上げた。金髪の若者——というより少年に近い顔が、苦しげに、

「殺《や》りました」

と言った。

「弟子は師匠に勝る……凄まじい男でした」

「〝自炎体〟の技を使わざるを得なかったか。ドクター・メフィスト、やはりファウストめの弟子よ。おまえはいま楽にしてやろう」

「おお」

感極まったように洩らして、少年は顔を伏せた。

その身体は焦熱《しょうねつ》地獄から戻って来たかのように、炭化していた。自らを妖火の塊りと変える技に欠かせぬ自己保全機能は崩壊したと見える。

　紫の男――アギーレ・バブチュスカは、溜息ひとつ後に立ち上がり、奥の闇に消えると、すぐに戻って来た。

「長いこと良く仕えてくれた。おまえの忠節に感謝する」

　彼は奥から持ち出したキャンバス地としか見えぬ布を少年の全身にかけた。

　一分ほど待ってから外すと、全裸の少年が横たわっていた。

「代わりが出来るまであと一日かかる。それから、忠僕に変えるまで五〇年。考えてみると長いのおだ」

――奥で待て、プログラムは、前のおまえと同じ
　少年の白い背が、水中を行くようにほろほろと闇に呑まれると、アギーレは戸口の方を向いた。

　長身の影を見ても、驚かなかった。

「尾《つ》けて来たのは知っていた。だが、飛んで火に入る夏の虫だぞ、小僧」

「わかってる――だけど、いい話があるんだ」

　幽鬼《ゆうき》のような声を出した影は、水垣真吾であった。

「いい話？」

　上げかけた右手を、アギーレは途中で止めた。大魔道士にとっても、この若者は尋常《じんじょう》な相手ではないのだった。

「そうだ。おまえ、みだいを取り戻せるか？　ドクトル・ファウストとドクター・メフィスト、そして、当人と志麻を相手にだ？　いや、獣もいる」

「……おまえなら、どうにか出来るというのか？」

「おれたちが組めば、な」

　と真吾。

「おまえの目的はみだいの抹殺だ。信用できんな」

「順序の問題と考えろ。おまえの目的はファウスト

を始末することにある。それさえ終わればみだいに用はあるまい。おれに渡せ」

「――ファウストの始末ぐらいわしひとりで充分だ」

「なら、すぐにおれを殺せば良かった。空威張《からいば》りは無用だ。おれはおまえの力も向こうのも見当がつく。いかにおまえでも手の打ちようがあるまい」

高校生の刺すような言葉を、稀代《きたい》の魔道士はひとこともはさまず聞いていたが、すぐにうなずいた。

「おまえは正しい。では、どうやってファウストを片づけるか聞かせてもらおうか？」

「それは、おまえが考えろ」

真吾は言い放った。

「なにイ？」

アギーレの両眼が妖《あや》しくかがやいた。また、前と同じ目に遭いたいのかとそれは言っていた。同時に、こいつ何を考えているのか、と疑惑の色も留めていた。


メフィスト病院では、数年ぶりの臨戦態勢が敷かれていた。きわめて特殊な患者が運び込まれたのだ。

名は、神城寺みだい。病名不明。症例無し。症状は全身硬直。呼吸その他、肉体の諸機能は正常。院長不在のため副院長によるいかなる治療も効果なし。ＰＩＣＵ――霊的集中治療室に空《あ》きがないため、みだいは一般病室に収容された。霊的応急処置室もあるのに、とスタッフの一部は訝しんだ。

「どうだね？」

私室でモニターに映るみだいを観察している最中にこう訊かれて、副院長は眉をひそめた。

行方不明の院長が立っている。

「院長――ではありませんな」

「ふむ、やはり副院長の眼はごまかせんな。院長とやらの師じゃ」

「これはドクトル・ファウスト——お話は伺っております」

「ふむふむ」

「あの娘——所見では、急激な安堵《あんど》とそれに反してなおも続く運命への不安による霊的硬化症ですが」

メフィスト＝ファウストは重々しくうなずいた。

「——ドクトル・ファウストならば有効な手立てをお取りでは？」

「無いのお」

「は？」

あまりの返事に、副院長の男臭《くさ》い顔に怒りに似た表情がかすめたが、ファウストは平然と、

「これはわしの手に負えん。いや、治療は簡単だが、出来んのだ」

「〈契約〉によるものでしょうか？」

それでは仕方がない、と副院長の怒りは収まった。

「左様。そもそもこの争いは、あの娘二人と小僧っ子ひとり——計三人のものだ。珍しいことに、そういう〈契約〉が交わされておる。三人の因果《いんが》上に生じた症状は〈契約者〉以外、治療してはならんのだ」

「では、自然治癒《ちゆ》を待つしかありませんか？」

「そうなるのお」

副院長は、何とも不可解な表情になった。言葉は年寄りじみているが、見た目は院長そのものなのである。

「失礼ですが、それ、何とかなりませんか？」

ファウストは胸に手を当てて、

「これかね？　気に入っておるのでな」

「はあ」

「それより、メフィストめ、やられっ放しとはけしからん。出て来たらお仕置きじゃ」

「…………」

「おまえも一枚加わりたそうじゃな？　日頃からさぞ不満が溜《た》まっていそうじゃ」

「とんでもない」

「そうか——いや、嘘は身体に良くないぞ」

にやにやするファウストへ、

「嘘などついてはおりません」

と副院長は返して、

「では、院長の帰りを待っても無駄でしょうか？」

「関係者は三人だが、〈契約者〉の顔触《ぶ》れはわからん。メフィストという可能性はある。しかし、兆《ちょう》にひとつじゃ」

「では——待つしかありません」

「ふむ」

ファウストは、みだいの病室を訪れた。

志麻がついていた。

「どうだね？」

メフィストの姿にメフィストの声である。志麻は信頼し切った眼差しを向けて来た。メフィストだと勘違いしたのである。

「変わりありません。家の前で倒れたときと同じ。みだい、どうなってしまうの？」

「このままのわけがない。何とかなる」

「それって、いちばん確信のない言葉だわ。治療法はあるんですか？」

「あるだろう。だが、最良の手立ては、神城寺くん自身が語りたいと思うことだ」

「え？　じゃあこれは——？」

「神城寺くんが望んだものだ」

志麻は呆然と白い医師を見つめた。異議を唱える代わりに、全身の力を抜いて、

「真吾くんのせいね」

と言った。

「…………」

「どうしてこんなことになるの、ドクター？　好き合ってた二人が宿命の敵同士だなんて？　誰が決めたの？　神さま？」

「多分な」

「だったら、そんなもの要《い》らないわ。こんな小さな

星の上の、人間ひとりの運命なんて、神さまがいちいち口出ししないでお目こぼしすりゃあいいじゃないの。何から何まで目配りしないでよ」

「もっともだ」

ファウストはうなずいた。

「だが、人間の言葉が神に届いた例《ためし》はない。はじめて宇宙に生まれた生命が、別の生命に食われる寸前救いを求め、叶《かな》わなかったとき以来、な」

ファウストは、ベッドで眠り続ける娘に近づいた。

硬直中の顔も身体も、ふっくらした線を失ってはいない。やわらかな寝息が治療不可能な患者とは思わせなかった。

「あ」

志麻が口もとを押さえた。

「みだい、泣いてるよ」

光る珠《たま》が娘のこめかみを滑っていく。

それはみだいの髪に吸い込まれて消えた。

「わかるのかな？　あたしたちの話？」

「人間《ひと》は何もわからん」

とファウストは言った。その横顔を朝の光が染めて、ちら見してしまった志麻を、失神寸前へ陥《おとしい》れた。

その晩、メフィスト宛《あ》てに一本の電話がかかった。

取ったのはメフィスト＝ファウストだ。しかも院長室である。考えてみれば、メフィスト以外でここにいて、最も妥当《だとう》な人物といえる。

「これは大統領」

とファウストは応じた。

「中国の宇宙空間識別圏には、合衆国も参ったようですな。で、ご用件は？　はは、それは出来ません。神城寺みだいは目下《もっか》、危険すぎる存在です。ご安心下さい。誰の手にも渡しません。ははは、この病院はおたくの、いかなる防衛施設より安全ですぞ。それでは」

受話器を置いたとき、チャイムが鳴った。

「これは珍しい」

ファウストはメフィストの微笑を浮かべた。院長室への入退室に関して知悉《ちしつ》しているらしい。とにかく師なのだった。

「誰だね？」

インターフォンが答えた。

「水垣真吾」

「おやおや。入りたまえ」

確かに真吾だった。

黒い大デスクの前に立つ彼を、ファウストはしげしげと眺めた。

「どうやってここへ来た？」

「受付で聞いた」

それで来られる場所ではない。

「用件を訊こうか？」

「みだいから手を引いて下さい。僕たちの問題に、もう手を出さないで欲しいんです」

「気持ちはわかる。だが、私は君たちの問題自体に関係しているのではない。患者を守るため——それだけだ」

「それは——わかっています」

「手を引くには、神城寺くん自身が退院届けを書けばいい。検討の上で許可しよう」

「お願いします」

二人は院長室を出た。

みだいの部屋の前で、真吾が首を傾げた。

「どうしたね？」

「いえ——どうやってここまで来たのかと思って。思い出せないんです」

ファウストは黙って、ドアのベルを押した。

眠りつづける娘と、敵意に満ちた娘が二人を迎えた。

「何しに来たのよ？」

志麻が歯を——牙《きば》を剝いた。変身が始まったのだ。

「おれたち三人で決着をつけたいんだ。ここを出てくれ」

「なに勝手なことぬかしてるのよ」

　志麻が逆上した。

「どうつけるんだか、言ってごらんなさいよ」

「ここじゃまずい。三人だけで話そう」

「私は退席出来ん。君が神城寺くんに危害を加える怖れがある」

　これはファウストの言葉だが、志麻はうなずいた。もう区別がつかないのだ。

「諦《あきら》めなさい。よくものうのうとここへ来れたものね」

　志麻が毒づいたとき、

「待って」

　聞こえるはずのない声が一同の耳を打った。

　みだいは天井を向いたまま、

「水垣くんの言うとおりよ。三人で片づけましょう。ドクター・メフィスト、私、退院申請をします」

　意外なことに、

「よかろう。いま書類を持たせる」

　躊躇せず院長の姿をした医師は命じた。

　許可は五分とかからず下りた。

　志麻は、背後から白い医師を睨みつけて言った。

「この糞爺《くそじじ》い」

　どうやら看破したらしい。

3

　昼すぎにタクシーを呼んで、みだいはメフィスト病院を去った。硬直状態は解《と》けていた。

「行先は任せてくれ」

　真吾は言った。

「ちょっと」

　牙を剝く志麻を抑えて、みだいは、任せるわと言った。

真吾がタクシーを停《と》めたのは、〈矢来町〉の廃墟の前であった。

「ここは?」

志麻の疑惑に満ちた問いへ、

「アギーレの棲家《すみか》だ」

「——あんた、やっぱり!?」

身構える志麻の前で、すうと真吾は消えてしまった。

「逃げよう。みだい!」

志麻はみだいの手を取って通りの方へ走り出した。

「待ってくれ」

苦鳴が二人の足を止めた。

ふり向いたその前に、真吾が——いなかった。

声は頭上から聞こえた。

地上五メートルほどの空中——真吾はそこに浮かんでいた。

「待ってくれ、みだい」

声と同時に、身体中から血の霧が噴き上がって、瓦礫《がれき》の上に降り注いだ。

「さっきの奴は偽者《にせもの》だったんだ。いや、こいつだってわかんない。放《ほ》っとくのよ、みだい」

走り出そうとする志麻の手を、みだいはそっと離した。どこか憑《つ》かれたようなその表情に、

「みだい!?」

立ちすくむ志麻の身体を、靄《もや》のようなものが包んだ。

「獣を発動させたわ。ごめんね、志麻。大人しくしていて」

真吾をふり仰いで、

「出てらっしゃいな、アギーレ。狙いはドクトルでしょ?」

「そうだ」

真吾の真下に、紫色の長衣姿が立っていた。

「断わっておくが、この男は自分からわしの下へや

って来たのだぞ。わしの望みを叶え、その後、自らの使命も果たそうとな」

みだいの顔を、暗いものがかすめた。

「どうする？　わしの手にかけてもおまえが片づけてもよい。この情《つれ》ない男を八つ裂きにするか？　同じ愚《ぐ》を冒《おか》さずとも済むぞ」

みだいは灰色の邪顔を見つめた。

「ドクトル・ファウストは何処にいるの？」

アギーレは笑み崩れた。

ふり向いて、背後の瓦礫へ眼をやった。

「そこにおる」

瓦礫の背後から現われた白い影は正《まさ》しくメフィスト、いや、ファウスト。

「よくわかったな」

「メフィストに化けた男が、退院したからと言って患者を見捨てるものか。付いて来たのはわかっておった」

ファウストは飄々《ひょうひょう》とみだいを見つめ、

「遠慮はいらん。もと患者だが、アフターケアは、メフィスト病院の売りのひとつだ。君の好むようにしたまえ」

みだいの眼から涙が滑り落ちた。

「どちらにお礼を言ったらいいのかしら」

そして、何かをつぶやいた。

昨夜と同じ巨大な存在が出現した。だが、姿は見えぬ。気配だけだ。

「見て、人が浮いてる⁉」

廃墟の外で若い女の驚きの声が上がった。観光客に違いない。

「本当だ、面白い。写真撮ろ」

たちまち、シャッター音が響きはじめた。

ちら、とそちらを見て、

「人間、何も知らぬほうが幸せなのかも知れんな」

とアギーレは苦笑した。

「殺せ！」

気配がメフィスト＝ファウストの頭上に移動し

た。

みだいは真吾を選んだのだ。自らを狙う殺人者の生命を救うことを。

ファウストの身体は、靄状の物質に包まれ、おぼろな影と化していた。その中で何が行なわれているのか。

ああ、洩れてきたのは間違いなく苦鳴だ。ドクター・メフィストの師が苦しんでいる。救いを求めている。

みだいが両耳を押さえて膝を折った。

声は熄んだ。

「確かに」

アギーレの唇は、ゆっくりと吊り上がり、すぐ凄《せい》惨《さん》としかいえぬ笑いの形を作った。

「ドクトル・ファウストは死んだ。これで宿縁《しゆくえん》の決着はついた。礼を言うぞ。何よりも、おまえにな」

魔道士の眼は空中の真吾に向いていた。

「次の宿縁はおまえたちのものだ。好きにするがいい」

ここで再びにやりと笑って、

「――と言いたいところだが、わしはこの娘と獣が気に入った。より大きな目的に使わせてもらおうか」

空中の真吾が眼を剝いた。

「――何を言うんだ。約束が違うぞ！」

身悶える若者を、老獪《ろうかい》な表情で迎えて、

「魔術妖術の真の目的は、この世界の進歩に寄与《きよ》することにある。進歩には、先導者が必要だ。この腐り切った既成《きせい》の秩序《ちつじよ》を、否《いな》、物理法則を根底から覆《くつがえ》し得《う》る力を持った指導者がな。わしはその力を得た」

「私は力にならないわよ」

みだいが身を震わせた。

「早く、水垣くんを解放して」

「それでは、力が消えてしまう。おまえもその一部なのでな」

「卑怯者」

真吾が喚《わめ》いた。魔道士は笑った。

「久しぶりに聞いたぞ。高校時代によくそう呼ばれたものよ。おまえは一生、〈操獣師〉を操る餌《えさ》として生きてもらおうか。おっと、おかしな真似《まね》をするな」

アギーレの言葉と同時に、真吾の全身が赤く染まった。全身の毛穴が血を噴いたのである。

アギーレの頭上に迫った気配が遠のいた。

「さてさて」

彼は両手を打ち合わせた。

「本来ならば、ゆっくりと次の策を練るところだが、今回はひとつ早手廻しと行こう。みだいよ、まずこの街を完膚《かんぷ》なきまでに破壊するぞ」

「誰がそんな真似を……」

怒りに満ちた若い声に、

「では、奴を八つ裂きにするぞ。古い手だが純情な男と女には効果満点じゃ。ほお、憎いか、そんな眼をしておるな。だがな、二人して良く考えて見ろ。空中の若いのは、おまえを狙っておる。わしのところへ来たことでもそれはわかるじゃろう。だが、こうやっている限り、奴もおまえも安泰《あんたい》じゃ。殺し合わずに済む」

みだいはよろめいた。アギーレの言うとおりだった。自由を獲得すれば、真吾は必ず自分の生命を狙うだろう。それを防ぐには確かにこれしかない。

だが、世界と真吾を取り替えることが自分に出来るのか。

その鼻先に、ついと出されたものがある。ボールペンと、レポート用紙であった。

「内容は後で記《しる》す。とりあえずサインせい」

「サイン？」

「これは〈契約〉じゃ。すべて円滑《えんかつ》に取り行なうためのな」

「…………」

「どうした？」

ペンが上下にふられた。

「サインひとつで、おまえと恋人は永遠に時間を共有できる。ただし、敵同士としてな」

「………」

みだいは後じさった。ペンと用紙が迫った。

「運命と諦めろ。だが、これは新しい運命だ。おまえたちは、新しく生きることになるのだからな。さ、そう考えてペンを取れ」

みだいは激しく首をふった。声は出なかった。髪の毛が狂気のように躍《おど》り、目尻から光るものがとんだ。

やがて、熄んだ。みだいは跪《ひざまず》き、頭を抱えていた。

嗚咽《おえつ》が洩れた。

「ほれ」

ペンが突き出された。

みだいの右手がペンを取った。

「ほれ」

用紙が出た。

それを片膝に乗せて、みだいはペン先を紙面に当てた。

すらすらと走らせ、眼を閉じてアギーレに差し出した。

「よい娘《こ》じゃ」

にんまりと歪んだ邪顔が、突如、驚愕の相に変わった。

記された名を彼はまた読んだ。

「ド、ドクター・メフィスト⁉　貴様、まさか⁉」

「そういうことだ」

声はなおも漂《ただよ》う死の靄の奥から聞こえた。

そこに人型の影が滲《にじ》み、靄を抜けると、世にも美しい人物になった。

棒立ちの数瞬を送ってから、アギーレは呻くように、

「——貴様……どっちだ？」

「ずっと私だ。昨夜、おまえと神城寺くんの家で会

ってから、な」

「莫迦な——わしが間違えるはずがない。おまえの気配、おまえの臭い、おまえの動作——たとえ、メフィストに化けたとしても……」

「私に化けられるのは、我が師のみ。だから、少々変えるだけで良かった。いま、おまえが口にしたものを」

　数秒の沈黙が流れた。アギーレにとっては恐るべき時間であったろう。次の声は震えていた。

「——では、あれは……先に斃したメフィストは？」

「ダミー——替え玉だ」

「おのれ——みだい、こいつを殺せ！」

　みだいは動かない。虚ろな顔も眼も二人を見ていない。判断がつかないのだ。

「ええい、わからぬなら、こうしてくれる！」

　アギーレは真吾を見上げた。凶悪なる術をふるって、みだいを服従させようと図ったのだ。

「ぎょええええ〜っ」

　凄まじい叫びに身悶えを加えて、真吾は空中でのたうった。アギーレが眉をひそめた。あまりにも効き目がありすぎる。

　絶叫が急に変わった。

　笑い声に。

「くすぐったいぞ、アギーレよ」

　真吾のその声——

「ドクトル・ファウスト⁉」

「そのようじゃな」

　真吾の姿はもはや、メフィストと同じ姿の老人に変わっていた。

「あの坊主が斃したと思ったのは、確かにこのわしじゃ。奴の後を尾け、ここを突き止めてメフィストに知らせたのも、な。いや、途中でとび出したくて、うずうずしておったぞ」

　アギーレには天地が逆転するようなショックであったろう。大魔道士たる自分が、最初から瞞着《まんちゃく》されていたとは。

「若いのは二人とも、わしの保護下にある。さあ、尋常に勝負せい」

言い放った姿は地の上だ。

アギーレは通りの方へ身を翻した。

「また食うぞ」

「いいえ、食えないわ」

みだいの言葉だと認識する余裕が、アギーレにはあったかどうか。

ファウストが右足を軽く上げて地面を踏んだ。

ひとすじの亀裂が走ってアギーレの足首を吸いこんだ。

つんのめる身体に巨大な気配がのしかかった。

悲鳴と血がとんだ。

「うわ、のしいいかじゃな」

ファウストが肩をすくめた。素早く近づいて、コンクリートの表面に広がったものを人さし指ですくい取り、ペロリとやって、

「うむ、滅びた」

と言った。巨大な気配は消えている。

顔を見合わせる師弟の背後で、

「みだい」

「水垣くん」

「志麻」

名前を呼んでいる。

「どうなりますかな、我が師よ？」

とメフィストが訊いた。

「問題はひとりだけじゃ、〈操獣師〉の運命は免《まぬか》れんが、〈殺手〉なら何とかなる」

「お力を貸していただけますかな？」

「あの娘の家に、ときどき居候《いそうろう》に行ってあげれば、な。いや、住み心地の良い所じゃった」

「はい」

声がした。みだいの声か。

「では——決まった。ただし、少し時間がかかるぞ。まず一年」

「やむを得ますまい――その間は彼らの克己《こっき》と、私が何とか。患者のアフターケアは当病院のモットーのひとつです」

「では――行くか」

二人は通りの方へ歩き出した。

その背後に三つの影は、見つめ合うように立ち尽くしていたが、やがて闇に呑まれた。

一年後――神城寺みだいと寒地志麻は短大へ進み、水垣真吾は浪人が決まった。

〈注〉本書は月刊『小説NON』誌（祥伝社発行）二〇一三年九月号から一四年一月号まで掲載された作品に、著者が刊行に際し、加筆、修正したものです。

編集部

あとがき

今回のメフィストは何処《どこ》かおかしい。

その理由は、一読すれば判明するが、私はこのメフィストを書きながら、あるイベントと人物を思い描いていた。

今年で一五年間、私は新宿の〈ロフトプラスワン〉というイベント・スペースで、トーク・ショーを行なって来た。

ここ数年引退しっ放しだが、当時、トーク・ショーの相棒はI氏という作家であった。ショーの終了後、サインに並んだファンの胸やお尻をタッチする癖《くせ》がある以外は、理想的な牽引役《けんいんやく》で、その言動のひとつひとつに笑いが絶《た》えなかった。

その彼が、忘年会――私の場合は〈ザ・忘年怪〉――で、メフィストに扮《ふん》したのである。私はDを、ゲストの井上雅彦《いのうえまさひこ》氏は秋《あき》せつらを演《や》ったが、一番人気は、何と言っても白い医師であった。

すでに充分きこしめしており、彼が近づくと女性ファンは逃亡し、男性ファンは椅子《いす》をふり上げた。

で――今回のメフィストは、どうも彼に似ているのである。どこがどうかは、本文に当たっていただくしかないが、私はペンを進めながら、

「いかん――これではいかん」

と何度も自分に言い聞かせたものだ。

しかし、ペンは進んだ。I氏が乗り憑《うつ》ったかのように。

――危《やば》いぞ、こりゃ

と思っていたら、I氏と共通の友人からメールがあって、これには実に楽しい内容が記《しる》されていたのであった。

メールの主《ぬし》は――仮にM氏としておこう――家族旅行に出かけた際、I氏の故郷に立ち寄った。去年の今頃のことである。彼は私と同じく、平時に乱を起こすのが飯《めし》より好きな――つまり面白《おもしろ》がり屋であった。

そして、I氏はとある美女と同棲《どうせい》中であった。

M氏によると、

「Iが居《い》れば『よお』。彼女だけだったらお近づきになるつもりで、二人の愛の巣を訪問

した。ところが二人ともいなかった」

そこで、何となく不満だった彼は、土産《みやげ》の入った袋をドアノブに引っかけ、こんな時のために用意して行ったど派手なカードに、

「センセ、この間は愉《たの》しかったわ。また寄って下さい。

『甘い寝室』　ミカより」

と銘記《めいき》して、袋に忍ばせた上で、待たせておいた家族と車に戻った。

車が中央高速に乗る前に、Ｉ氏から連絡が入った。

どーゆーつもりだ、てめ？　と来たらしい。

何のことだ？

と返すと、「いま帰って土産を開けた。×××がフライパンでおれを殴《なぐ》ろうとしている。あんなことをするのは、おまえとＫさんしかいない。おまえだとしたら、どうしてくれる？　何が愉しいんだ？　うちは崩壊するぞ。訴えてやる」

元気だな、と判断し、Ｍ氏は、よかったよかったと言って携帯を切った。奥さんは、何よあの人、高速へ入るところで電話なんて。常識がないのね、と怒っていたという。

私もこれは面白いと思い、それから何度もＩ氏宅へ電話を入れたが、ここ数年来の沈黙が返って来ただけであった。

ま、とにかく、I氏はドクター・メフィストに扮したことがあるのである。それだけのことだ。
I氏をご存知の方は、倍楽しめるだろう。

PS. 映画館
テレビで「古畑任三郎《ふるはたにんざぶろう》」シリーズを二本観《み》た。度肝《どぎも》を抜かれた。
ひとことで言うと、
この国に法医学は存在していないのか?
である。
一本は角川《かどかわ》映画の金田一耕助《きんだいちこうすけ》役で有名な石坂浩二《いしざかこうじ》がゲスト。地方の開発に絡《から》んだ殺人事件を扱っているのだが、彼はある人物をたきつけ——いわば暗示にかけてその兄を殺させ、ある人物はすべてを自殺に見せかけようとする。
二本目は女流作家と双子のその妹を松嶋菜々子《まつしまななこ》が演じる。当然、片方が片方を殺害して
こちらも自殺に偽装する。
古畑任三郎が、その謎を解《と》いていく。古畑役の田村正和《たむらまさかず》の個性と役柄がぴたりマッチして、犯人役とのやりとりも軽快——人気が出るのもわかる。

しかし、前提がヤバ過ぎるぞ。

よく聞いて下さい。

一本目の殺人犯は、兄を鈍器《どんき》で撲殺《ぼくさつ》し、事故に見せかけるべく、死体を高い戸棚に乗せ、戸棚ごと後ろへ引っくり返らせる。あのね、いくら田舎《いなか》の警察だって、少し調べりゃ撲殺か、落下死かぐらい、わかっちまいますって。

二本目はもっとスゴい。

被害者を自殺に見せかける手段が、射殺した拳銃を被害者の手に握らせる——これだけなのだ。

おい。警察や視聴者が、今時、硝煙《しょうえん》反応を知らないと思うのか？

弾丸の発射時に、銃口か排莢孔《はいきょうこう》から噴出した硝煙《ガンスモーク》は、犯人の手や胸にこびりつくのだよ。

脚本家はこれを知らなかったのか？　だとしたら無知すぎ。知っててやったとしたら、視聴者を舐《な》めすぎ。

どっちなのですか、三谷《みたに》さん？

私の小説ではないのだ。妖術や魔術で何でもオッケな〈新宿〉は、古畑任三郎の世界には存在しない。

何人かに文句を言ったら、

「あれは、そういうところを気にするシリーズじゃないから」

と口を揃《そろ》えた。

だとしたら、このシリーズは——少なくともこの二本は——私の小説と同じである。彼らは法医学の存在しない世界に生きているのだ。

ふむ、これなら私にもミステリーが書けるのかも知れない。

探偵役は、古畑と等しく黒ずくめの秋せつらでよかろう。刑事役は屍刑四郎《かばねけいしろう》以下ゴマンといる。犯人役は——これも一回目はドクター・メフィスト、二作目は浪蘭幻十《ろうらんげんと》、三作目は夜叉姫《やしゃき》——とオールスターでどうだ？

ふむ、観た甲斐《かい》があったぞ。

古畑任三郎、バンザイ（嫌がらせに非《あら》ず）。

二〇一四年一月五日
「おくりびと」（'08）を観ながら。

菊地秀行

ノン・ノベル百字書評

キリトリ線

なぜ本書をお買いになりましたか（新聞、雑誌名を記入するか、あるいは○をつけてください）

- □ （　　　　　　　　）の広告を見て
- □ （　　　　　　　　）の書評を見て
- □ 知人のすすめで
- □ タイトルに惹かれて
- □ カバーがよかったから
- □ 内容が面白そうだから
- □ 好きな作家だから
- □ 好きな分野の本だから

いつもどんな本を好んで読まれますか（あてはまるものに○をつけてください）

●**小説**　推理　伝奇　アクション　官能　冒険　ユーモア　時代・歴史　恋愛　ホラー　その他（具体的に　　　　　）

●**小説以外**　エッセイ　手記　実用書　評伝　ビジネス書　歴史読物　ルポ　その他（具体的に　　　　　）

その他この本についてご意見がありましたらお書きください

最近、印象に残った本をお書きください			ノン・ノベルで読みたい作家をお書きください		
1カ月に何冊本を読みますか	冊	1カ月に本代をいくら使いますか	円	よく読む雑誌は何ですか	
住所					
氏名		職業		年齢	

あなたにお願い

この本をお読みになって、どんな感想をお持ちでしょうか。

この「百字書評」とアンケートを私までいただけたらありがたく存じます。個人名を識別できない形で処理したうえで、今後の企画の参考にさせていただくほか、作者に提供することがあります。

あなたの「百字書評」は新聞・雑誌などを通じて紹介させていただくことがあります。その場合はお礼として、特製図書カードを差しあげます。

前ページの原稿用紙（コピーしたものでも構いません）に書評をお書きのうえ、このページを切り取り、左記へお送りください。祥伝社ホームページからも書き込めます。

〒一〇一-八七〇一
東京都千代田区神田神保町三-三
祥伝社
NON NOVEL編集長　保坂智宏
☎〇三（三二六五）二〇八〇
http://www.shodensha.co.jp/bookreview/

NON NOVEL

「ノン・ノベル」創刊にあたって

「ノン・ブック」が生まれてから二年一カ月、ここに姉妹シリーズ「ノン・ノベル」を世に問います。

「ノン・ブック」は既成の価値に〝否定《ノン》〟を発し、人間の明日をささえる新しい喜びを模索するノンフィクションのシリーズです。

「ノン・ノベル」もまた、小説《フィクション》を通して、新しい価値を探っていきたい。小説の〝おもしろさ〟とは、世の動きにつれてつねに変化し、新しく発見されてゆくものだと思います。

わが「ノン・ノベル」は、この新しい〝おもしろさ〟発見の営みに全力を傾けます。

ぜひ、あなたのご感想、ご批判をお寄せください。

昭和四十八年一月十五日

NON・NOVEL編集部

NON・NOVEL —1012

ドクター・メフィスト　妖獣師《ようじゅうし》ミダイ

平成26年2月20日　初版第1刷発行

著者　菊《きく》地《ち》秀《ひで》行《ゆき》

発行者　竹内和芳

発行所　祥《しょう》伝《でん》社《しゃ》

〒101-8701

東京都千代田区神田神保町 3-3

☎03(3265)2081(販売部)

☎03(3265)2080(編集部)

☎03(3265)3622(業務部)

印刷　図書印刷

製本　図書印刷

ISBN978-4-396-21012-0　C0293

Printed in Japan

祥伝社のホームページ・http://www.shodensha.co.jp/